講談社文庫

黄泉《よみ》の女

公家武者信平《のぶひら》ことはじめ(八)

佐々木裕一

講談社

目次

黄泉《よみ》の女——公家武者信平《のぶひら》ことはじめ（八）

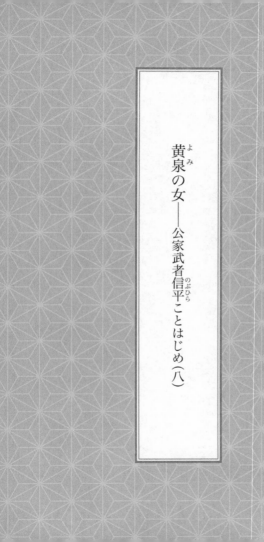

第一話　黄泉《よみ》の女

一

江戸を騒がせた女盗賊、蛇《くちなわ》の権六《ごんろく》が処刑されたのは、明暦《めいれき》四年の、梅雨《つゆ》に入る前のことである。

江戸市中を引き回された権六は、品川《しながわ》の鈴ヶ森《すずがもり》刑場で獄門《ごくもん》にされ、江戸に入る者への見せしめのために、手下どもの首と共に東海道《とうかいどう》沿いに曝《さら》された。

ところが、江戸の民を震撼《しんかん》させることが起きた。翌朝になると、権六の首だけが忽然《こつぜん》と消えていたのである。そして、首が消えたその夜、権六を斬首した牢屋《ろうや》同心が襲撃され、首を刎《は》ねられたのだ。

町の者に助けられた供の者は重傷を負っていたが、息を引き取る前に、襲撃者は赤い忍び装束《しょうぞく》を着ていた、顔は確かに、蛇の権六だったと言い残したことで、噂《うわさ》が広まったのだ。

町奉行所は、供の者が残した言葉を信じず、辻《つじ》斬りと断定して騒ぎをしずめようとしたのだが、その矢先に、市中引き回しに同行していた古谷《ふるや》という北町奉行所同心が、夜の見廻り中に襲撃され、首を斬られた。

この事件を知った市中引き回しの行列を覚えていた者たちは、

「権六の亡霊がしたことだ」

「権六の祟《たた》りだ」

などと言い、江戸は大騒ぎとなった。

権六に獄門を言い渡した北町奉行は夜の外出をしなくなり、牢屋敷で厳しい詮議《せんぎ》をした与力《よりき》は、昼間でも外を歩くのを怖がり、供の者を大勢引き連れている。同心たちも気味悪がり、夜の見廻りを怠《おこた》る始末だった。そして、伝馬町《てんまちょう》の牢屋敷では、色気のある権六をなぶりものにした牢役人たちが、次は自分が首を刎ねられる番ではないかと震え上がった。

そんな中、ひとり気を吐いたのが、北町奉行所同心の五味正三《ごみしょうぞう》だ。

権六に縄をかけた五味は、来るなら来てみやがれと豪語して、夜の見廻りに出た。

権六の襲撃を警戒しつつ、何ごともなくその日の役目を終えた五味が鷹司松平《たかつかさまつだいら》信平《のぶひら》の屋敷を訪れたのは、辰《たつ》の上刻（午前七時頃）だった。

あくびをしながら居間に座り、下女のおたせが出してくれた白湯《さゆ》を一口飲むと、寂しげな目を葉山善衛門《はやまぜんえもん》に向けた。

「御隠居、お初《はつ》殿は、まだ戻られないのですか？」

近頃の善衛門は、五味に御隠居と言われても腹が立たなくなっているとみえて、薄笑いを浮かべた顔を向けた。

「味噌汁《みそしる》が飲みたくなったか。それとも、顔を見ぬと寂しいか」

どっちだと問われて、五味は返答に窮《きゅう》し、指の先で鼻をかいた。

その五味の前に、おたせが膳《ぜん》を置いた。ご飯と漬物、あさりの佃煮《つくだに》、そして、わかめとねぎがたっぷり入った味噌汁が載せてある。

「こいつはありがたい」

昨夜はむすびを二つしか食べていなかったという五味は、おたせに礼を言って箸《はし》を持った。

熱々の味噌汁を一口すすり、目を丸くした。

「こいつは……」

嬉《うれ》しそうな五味のおかめ顔を見て、おたせがくすりと笑った。

「昨夜戻ってこられましたよ。良かったですね」

立ち去るおたせを目で追った五味は、台所にいるお初の姿を見て鼻の下を伸ばし、幸せそうな顔で味噌汁を飲んだ。

「ああ、疲れがとれる」

うっとりしている五味に、善衛門がにやけて告げる。

「どうやら惚《ほ》れておるな、おぬし」

すると、五味がはっと我に返り、居住まいを正した。

「な、何をいきなり」

「今さら惚《とぼ》けるでない。なんなら、わしが仲人《なこうど》をしてやろうか」

ごくりと喉《のど》を鳴らした五味が、善衛門に頼もうとして膳をどかせた時、

「と申したいところじゃが、あきらめよ」

善衛門が、いかにも気の毒そうにする。

「御隠居ぉ」

すがるように言う五味に、善衛門が小声で教えた。

「忘れたか、お初は阿部豊後守《あべぶんごのかみ》様の手の者なのだ。町方同心のおぬしと、所帯を持て

るわけがあるまい」

　好いたところで叶《かな》わぬ恋だとあきらめて、町方同心に相応《ふさわ》しい娘を嫁にもらえと言われて、五味は肩を落とした。

　善衛門は、五味よりも、お初を想って言ったことだった。

　昨夜遅く屋敷に戻ってきたお初は、上方《かみがた》で厳しい探索をしていたらしく、これまで見た覚えがないほど険《けわ》しい顔をしており、過酷な役目であったのだと想像に難《かた》くなかった。

　そのような役目をこなすお初が町方同心と所帯を持ちたいと願っても、阿部豊後守が許すはずはない。

　善衛門は、そう思ったのだ。

　うな垂れる五味を励ましてやろうとして、善衛門が肩をたたこうとしたところ、五味の手から箸が転げ落ちた。

　疲れて眠っていたのだが、お初の味噌汁が入ったお椀《わん》だけはしっかりと持っている。

「そこまで好いておるのか」

　善衛門がそっとお椀を取り、膳に戻した。すると、びくりと目をさました五味が、あたりを見回した。

「いかん、こうしてはおれんのだった。御隠居、信平殿はまだ寝ておられるのですか」

「今奥方様と朝餉《あさげ》をとられておるゆえ、しばらく待て」

「皆と一緒じゃないのは珍しいですな」

「昨夜は遅くまでお初と話されておったゆえ、今朝はお目ざめが遅うなられた。奥方様の御心遣いに甘えて、わしらは先にすませたのじゃ」

「なるほど」

「して五味、殿に話とはなんじゃ。わしに話してみよ」

「例の、蛇の権六のことです」

「あの女盗賊がどうしたというのじゃ」

訊《き》く善衛門に、五味が驚いた。

「まさか、ご存じないので」

「いよいよ処刑されたか」

「されましたが、おれが言いたいのはその後のことです」

「知らんな。何があった」

五味が言おうとしたところへ、信平が出てきた。本来は書院の間で会うべきだが、信平と五味は友の約束を交わした仲。互いに遠慮がない。

五味があいさつもそこそこに、居間に座った信平に訊いた。

「信平殿、蛇の権六のこと、何も知らぬのですか」

「うむ？」

いきなり訊かれて、信平はなんのことかと問う顔を善衛門に向けた。

自分も知らないとかぶりを振った善衛門が、改めて五味に訊くと、五味は、一連の出来事を話して聞かせた。

「蛇の権六が亡霊になって、仕返しをしていると申すか」

善衛門が驚きの声をあげると、五味は冷静に告げた。

「巷《ちまた》では大騒ぎになっています。信じたくはないですが」

善衛門が渋い顔で問う。

「しかし、見た者がおるのだろう」

「死ぬ間際に言い残したことですから、どうにもはっきりしないのです。おれは、町の衆が話をおもしろくするために広めているのではないかと睨《にら》んでいますが、亡霊は作り話としても、人が殺されていますから、信平殿も一応気をつけておいたほうがいいと思い、参上したわけで」

「麿《まろ》の首を取りにまいるか」

五味は、信平にうなずいた。

「亡霊は信じませんがね、念のため蛇の権六が葬られた無縁墓を調べようとしたところ、土から出たような跡があったのです。掘ってみたら、胴体がありませんでした」

善衛門が驚いた。

「骸が這い出たと申すか」

五味は顎を引いた。

「捕らえた者に復讐《ふくしゅう》をするために、黄泉から戻ったのかもしれぬな」

信平が大真面目に言うと、善衛門が身震いした。

「蛇は執念深いと言いますからな」

五味が信平を見て告げる。

「牢屋敷で与力から相当厳しい詮議を受けた権六は、死罪になったらお前たちを呪うと言っていたそうです。首を斬られた二人は、牢屋敷で権六を痛めつけた者ばかりでしたから、詮議をした与力などは震え上がってしまって、役目どころではなくなっているのですよ。普段は威張っているくせに、情けない話です」

信平が訊く。

「奉行所では、権六が黄泉から戻ったと思うているのか」

「ええ。先ほど話したように、最初に殺された者の従者が、権六だったと言い残しましたから。信平殿は、どう思います？」

「仲間の仕業《しわざ》ではあるまいか」

「しかし、一味は一網打尽《いちもうだじん》にしましたよ」

「そう思うているだけで、取りこぼしていたのやもしれぬ」

信平は、戻ったお初から聞いていたことを教えた。

阿部豊後守の命《めい》で上方に行ったお初は、蛇の権六一味の隠し金を探した。あてもなく探すのではなく、権六の手下が命惜しさに白状した場所に向かったのだが、金は消えていたのだ。

そして、お初たち公儀の手の者が調べた結果、蛇の権六は、御家取り潰しとなった備中小田《びっちゅうおだ》藩倉橋《くらはし》家に仕《つか》えていた忍びで、廃藩後は盗賊に身を落としたといわれるが、詳しいことはつかめていない。ただ、権六は狙った物は必ず手に入れる執念深さで、西国を中心に盗みを働き、貯《た》めた銀は、小判にすると五万両とも、十万両ともいわれている。

昨年の大火からの復興に莫大《ばくだい》な資金を必要とする幕府としては、十万両という金が手に入れば助かるのだが、結局、見つけられずに戻った。

早馬《はやうま》で先に知らされていた江戸では、白状した手下を再度拷問《ごうもん》したが、そこしか知らないの一点張りで、嘘《うそ》を言っているようではなかった。

隠し場所は、他者が偶然見つけるような場所でもないことから、戻ったお初たちの報告を受けた幕閣の者たちは、もともとなかったのだと、断定したのである。

そこまで聞いた五味は、腕組みをして難しい顔をした。

「御公儀は早々と、ないものと決めたのですか。どうも、気になりますね」

「磨も、引っかかっている。そなたとお初の話を聞いて思うたのだが、やはり、仲間がいるのではないだろうか」

五味が信平を見た。

「江戸で権六が捕らえられたと知り、お宝を持ち出した者がいると」

無言でうなずく信平に、五味が首をかしげて告げた。

「しかし、仲間がいたとしても、牢屋敷内のことをどうやって知ったのでしょうか。権六の仇《あだ》を討つにしても、痛めつけた者を知ることはできないのでは？」

「蛇の権六が、外と繋《つな》ぎを取ったのではあるまいか」

「どうやって……」

言った五味が、はっとなった。女囚の中には、色仕掛けで牢番を手懐《てなず》け、いろいろと便宜をはからせる者もいる。権六の色香をもってすれば、ころりと落ちる者がいてもおかしくはないのだ。

五味は信平に、ない話ではないと告げた。だが、この時すでに、権六の幽霊説を決定づける事件が起きていた。

門番の八平《やへい》に連れられて、五味の御用聞きをしている金造《きんぞう》が裏から飛び込み、土間に両手をついたのは、これは仲間の仕業だと、五味が信平に言った時だった。

「だだ、旦那、やられやした。蛇の権六が出やした」

「なんだと！　次は誰がやられた」

「与力の鮫島《さめじま》様が、くく、首を……」

金造が手で首を斬る真似《まね》をして見せた。

与力は役宅の寝所《しんじょ》で寝ているところを襲われたらしく、家の者が朝になって気付いたと告げられた五味は、金造に厳しく問う。

「権六の仕業だと、どうして分かったのだ」

「奥方が殺されずに気を失っておられたんですが、襲われた鮫島様が、おのれ権六、と言われた声を、確かに聞いたとおっしゃいやした」

「間違いないのか」

「へい」

五味は信平と目を合わせると、

「いったいどうなってやがる」

悔しそうな顔をしてぼやき、探索に戻ると告げて辞した。

信平も、江島佐吉《えじまさきち》を連れて市中に出ようとしたのだが、立ち上がった信平の前に、お初が座った。

「信平様、外出はお控えになられたほうがよろしいかと存じます」

「何ゆえじゃ」

「権六は、わたしと戦っている最中に、信平様のお命を頂戴すると申しました。得体《えたい》の知れぬうちは、危のうございます」

「その得体を確かめにまいるのじゃ」

「いけませぬ。信平様だけでなく、奥方様のお命も狙われているやもしれませぬ」

松姫《まつひめ》も危ういと言われ、信平の足が止まった。

「権六が、そう申したのか」

「いえ。ですが西国では、権六を捕らえようとした者が、一家皆殺しにされておりました」

大坂奉行所の者だけでなく、備前岡山《びぜんおかやま》、安芸竹原《あきたけはら》でも、権六の盗人宿《ぬすびとやど》を突き止めた役人が、家族もろとも命を奪われたという。

己の正体を暴いた者はもちろん、危ない目に遭わせた者へは必ず復讐をするというので、西国で恐れられていたのだ。

「殿、ここはお初の申すとおりになさいませ」

善衛門にも言われて、信平は拳をにぎり締めた。

「しかし、五味が心配じゃ。権六に縄をかけた五味も、命を狙われておろう」

「殿、五味ならば大丈夫。十手《じって》と剣のほうはだめでも、棒を持たせれば無敵ですからな。それよりも、今は奥方様から片時も離れてはなりませぬ」

「うむ。そういたす」

信平が素直に応じて奥へ行くと、善衛門が佐吉と中井春房《なかいはるふさ》を呼び、

「祈禱《きとう》師を呼ぼうかの」

大真面目に言い、相談をはじめた。

二

薄水色の狩衣《かりぎぬ》を着た信平が奥の部屋から出ると、緑色の鹿《か》の子《こ》模様の小袖を着た松姫があとに続き、二人は月見台に向かった。

月見台の下にある池では、黒鯉《くろごい》と緋鯉《ひごい》が並んで優雅に泳ぎ、佐吉が手入れを怠らぬ庭には、夏椿《なつつばき》が白い花を咲かせ、ほのかな花の香りがしている。

信平は長床几《ながしょうぎ》に腰かけ、姫に隣を促《うなが》した。

松姫が座ると、信平は空に目を向けた。

「良い天気じゃ」

「はい」

信平が、鼻筋の通った美しい横顔を見ていると、松姫が顔を向けて微笑《ほほえ》んだ。

「松」

「はい」

「糸《いと》と共に、義父上《ちちうえ》に会いにゆかぬか」

意外そうな顔をする松姫に、信平は微笑む。

「きっと寂しがっておられる。梅雨に入る前に、顔をお見せするがよい」

「父上とは、四日前にお会いしたばかりではございませぬか」

松姫の父、紀州徳川頼宣《きしゅうとくがわよりのぶ》は、隣の中屋敷《なかやしき》に滞在していたのだが、上屋敷《かみやしき》に戻るというので姫の顔を見に来ていたのだ。

「さようであるが、そろそろ、寂しゅうなっておられよう」

「わたくしがおそばにいては、ご都合がお悪いのでしょうか」

松姫の勘は鋭い。信平が心配をかけまいとしても、心中をお見通しなのだ。

信平が、なんと言おうか考えているあいだも、松姫はじっと見つめている。

「殿……」

旦那様ではなく殿と呼ばれて、信平は驚いた。なんだか、よそよそしく感じたのだ。

松姫は、信平が隠しごとをしているのが不安なのか、目を潤《うる》ませている。

信平は思いなおし、すべてを話すことにした。

「松の身を案じてのことじゃ。麿は——」

命を狙われていると言いかけた時、善衛門が呼んだ。

「殿、頼宣様がおいでにございます」

「舅《しゅうと》殿が？」

「はい」

「すぐにまいる」

「わたくしもご一緒してもよろしいでしょうか」

「むろんじゃ」

信平が手を差し伸べると、松姫が手を重ね、立ち上がった。

頼宣が待つ書院の間に入るなり、

「二人とも、すぐに支度をいたせ！」

あいさつの言葉も聞かず、立ち上がって告げる頼宣に、信平が顔を向ける。

「なんのための支度でございましょう」

「決まっておろう。二人をわしの屋敷へ連れて行くのじゃ。さ、急げ」

松姫が不思議そうな顔で問う。

「父上、いかがされたのですか」

頼宣は二人が呑気《のんき》に見えたのか、ええい、と苛立《いらだ》ちの声をあげた。

「決まっておるではないか、信平殿が命を狙われておるからじゃ」

松姫が驚いたので、頼宣も驚いた。

「なんじゃ、松、そちは知らんのか」

「今、話そうとしていたところです」

取り繕《つくろ》う信平を見た松姫は、狩衣の袖をそっと持ち、何があったのか問う顔をした。

信平はまず、盗賊、蛇の権六の骸《むくろ》が消え、その裁きに関わった者たちが殺されたことを伝えた。そして、自分も狙われているのだと告げた時、松姫は困惑した。

不安を隠さぬ松姫を見た頼宣が、口を挟む。

「わしは登城した際に噂を耳にし、姫に害が及ぶのを恐れて、慌《あわ》てて来たというわけだ。信平殿が申したとおり、悪霊から命を狙われておる。手勢も少ないこの小さな屋敷では心配ゆえ、上屋敷へまいれ。わしがお前たちを守ってやる」

頼宣は、与力の妻が証言した権六の亡霊説を信じているらしく、上屋敷にはすでに祈禱師を呼び、魔除《まよけ》の札《ふだ》を貼った部屋を用意していると言い、信平たちを驚かせた。

「ご厚意、感謝いたしまする」

信平は平身低頭して礼を言うと、顔を上げた。

「では、妻と糸殿を、よろしくお願いします」

松姫が不安そうな顔を信平に向け、頼宣は厳しい顔で問う。

「そちは来ぬと申すか」

「蛇の権六は、わたしの命を狙《ねろ》うておりますゆえ、ここで迎え撃とうと存じます」

「何を申しておる。相手は化け物ぞ」

「その化け物が、まことに黄泉より戻った者かどうか、この目で確かめとうございます」

「奉行所の手練《てだれ》が殺されたと聞く。相手が化け物ならば、信平殿の秘剣をもってしても太刀《たち》打《う》ちできまい。わしの申すとおり、祈禱師にまかせたらどうじゃ」

だが、信平は行くと言わなかった。頼宣にも、紀州藩にも迷惑をかけたくないのだ。そして、妻を想う信平は、ことが落着するまでは、紀州藩の上屋敷で守ってもらうよう頼んだ。

信平の気持ちを理解した頼宣は、

「ならば仕方あるまい」

こう告げると、中井を残し、松姫と糸を上屋敷に連れて帰ろうとした。

ところが、松姫は動かなかった。

「わたくしは信平様の妻でございます。何が来ようとも、片時も離れる気はございませぬ」

松姫の意志の固い表情を見て、頼宣は目尻を下げた。

「可愛《かわい》い顔をして、強情な奴《やつ》じゃ。じゃが、それでこそ武士の妻じゃ。よし、こうなったら是非《ぜひ》もなし。わしがここに泊まり込み、お前たちを守ってやろう」

「いえ、それには及びませぬ」

松姫が言うと、頼宣は、信平の前に座った。

「松はこのとおりじゃ。信平殿、松のためにも、上屋敷へまいれ」

「…………」

黙り込む信平を見て、頼宣は立ち上がった。

「どうしても、来ぬと申すか」

「相手は化け物。どこにいようが、命を狙うてきましょう。わたしめのために、舅殿をはじめ、ご家中の方々に害が及ぶことがあってはなりませぬ」

「そのようなこと、気にせずともよい」

頼宣は、何も言わずに頭を下げた信平を、険しい顔で見下ろした。

「どうあっても来ぬと申すか」

「お気持ちだけ、ありがたく」

「どうなっても、わしは知らんぞ」

頼宣は心配のあまり怒気を吐き捨てると、玄関へ向かった。

「外記《げき》！」

式台《しきだい》に立ち、大声で側近を呼ぶと、外に控えていた戸田《とだ》外記が現れ、片膝をついた。

「今日から中屋敷へ泊まる。腕に覚えがある家来をできるだけ多く集めよ」

「こちらには、よろしいのですか」

「よい」

「しかし、それでは姫様が――」

言った外記が、頼宣の顔を見て息を呑《の》んだ。怒っているのか、泣いているのか分からぬ顔をしていたからだ。

「殿？」

「嫁に出した者を、無理やり連れ帰ることはできぬ。何かあればすぐ駆け付けられるように支度を怠るな」

「はは！」

頼宣は、見送りに出た信平と松姫に顔を見せぬようにして、式台に横付けされた駕《か》籠《ご》に乗った。

信平と松姫が表門まで見送りに出ると、頼宣を乗せた駕籠は数十名の供の者と共に隣に入り、門を閉じた。

「いやはや、すっかり怒らせてしまいましたな」

善衛門が言い、松姫に嬉しげな顔を向けた。

「それにしても、殿のそばに残ると申された奥方様は、あっぱれでござる。殿は幸せ者ですな」

すると、松姫が恥ずかしそうな顔をした。

「殿、警固《けいご》のことはそれがしにおまかせを。佐吉と中井殿、そしてお初の四名がおれば、蛇の権六など、恐れることはござらん」

「うむ。くれぐれも頼む」

応じた善衛門は、懐《ふところ》から数珠《じゅず》を出して首に下げ、佐吉と中井に声をかけ、警固の相談をはじめた。

信平は、松姫と共に自室に戻り、静かに過ごした。

糸は落ち着きがなく、信平に不安をぶつけたが、隣の中屋敷に大勢の藩士が入ったと中井から聞き、安堵《あんど》したようだった。

それでも、暮れ時になり、外が暗くなった頃には、白襷《しろだすき》と鉢巻をつけ、薙刀《なぎなた》を持ち出していた。

「寝所の警固は、わたくしが」

信平と松姫が眠る部屋は自分が守ると言い、いつ来るとも分からぬ相手に備えた。

こうして、信平の屋敷は臨戦態勢が敷かれたのだが、蛇の権六は現れなかった。二日が過ぎ、三日が過ぎ、五日目の夜にはさすがに疲れが出たが、誰も気をゆるめなかった。

江戸市中でも、与力の殺害から何も起こらず八日が過ぎ、とうとう、梅雨の長雨がはじまった。

「もう現れぬのではござらぬか」

酷《ひど》い目に遭わせた与力が死んで、権六は成仏したのではないかと佐吉が言う。

「だとよいがなぁ。それにしても、よう降る」

善衛門が言い、恨《うら》めしげな目を雨空に向けた。

門番の八平も、同じように空を見上げていたのだが、水を弾く足音がしたので、顔を向けた。ぬかるんだ道を小走りで来るのは、傘をさした五味だった。

信平が居間に出ると、下女のおつうに足を洗ってもらう五味が振り向き、機嫌よく告げる。

「信平殿、いい知らせを持ってきましたぞ」

洗い終えたおつうに礼を言い、自分で足を拭《ふ》いて上がった五味は、お初が出した熱い茶をすすると、こう切り出した。

「蛇の権六が弔《とむら》われたそうです」

「ではやはり、仲間がいたのか」

「それが奇妙な話なのです。増上寺《ぞうじょうじ》門前に清光寺《せいこうじ》という寺があるのですが、そこの和尚《おしょう》の夢枕に権六が立って、寺の裏を流れる新堀川《しんぼりがわ》の河原に自分の骸があるので、弔ってほしいと告げたそうで」

「ほおう」

信平が目を細める横で、善衛門が身を乗り出して訊く。

「それで、あったのか」

五味はうなずいた。

「胴体と首が出ました。しかも、赤い忍び装束を着けています」

善衛門が唸《うな》った。

「わしは信じぬぞ。そのようなことが、あるものか」

「それがあったのですよ。権六が夢枕に立ったのは、与力が殺された次の日で、騒ぎを知らなかった和尚は、哀れだと、ねんごろに弔っていたそうです。で、檀家の者から話を聞いた和尚はびっくりして、寺社奉行を通して、奉行所に知らせてきたのです。我らも半信半疑で掘り起こしてみたら、まあ、顔は分からないですけど、確かに女の骸があったというわけです」

善衛門が問う。

「顔が分からぬということは、腐っていたのか」

「はい。見るも無残に」

「それで、どうして権六だと分かるのだ」

「和尚に人相書を見せたら、夢枕に立ったのが権六に間違いないと言ったからです」

善衛門はまた唸った。

五味が信平に顔を向ける。

「ね、不思議だと思いません？」

信平はうなずいて問う。

「近頃誰も襲われなくなったのは、和尚のおかげで、権六が成仏したということか」

五味は口をすぼめて、渋い顔をした。

「お奉行はそう思いたいらしく、獄門の権六をそのまま葬って、供養《くよう》することを許されました。これからも変わったことがなければ、安心して良いのではないでしょうか」

信平は、笑みを浮かべてうなずいた。

佐吉とお初も安堵した顔をして、中井は背中を丸めて、ほっとしている。

毎晩の警固で疲れていた善衛門は、五味の手を取って喜び、雨が止《や》むまで酒を飲もうと誘い、信平に向いた。

「殿、紀州様にもご報告したほうがよろしいですな」

中井が背筋を正して告げる。

「信平様、そのお役目は、奥方様がよろしいかと」

「うむ。そういたそう。佐吉、供を」

信平が命じると、佐吉が立ち上がった。

奥御殿にいた松姫は、信平に言われて、程なく屋敷を出た。

すぐ隣だが、佐吉と中井は警戒を怠らず、松姫を守って進む。

表に出た信平は、松姫が無事屋敷に入るのを見届けて、五味と中に戻った。

三

紀州徳川家の中屋敷は、藩主頼宣の命で大勢の藩士が詰めており、物々しい雰囲気だった。

信平の屋敷に賊が入ろうものなら、藩士が助太刀に駆け込むつもりだったらしく、松姫が権六のことを知らせると、戸田外記は安堵した。

頼宣は、松姫が来たことを喜びはしたが、権六の騒ぎが収まったと聞くや、

「では、上屋敷に戻ろうかの」

いささか肩を落として言った。紀州五十五万五千石の藩主ともなれば、何かと忙しいのである。

戸田外記から、政務が溜《た》まっているのですぐ帰ることを促されて、頼宣は怒気を浮かべた。

「茶ぐらい飲ませぬか」

松姫を茶室に誘い、自ら茶を点《た》ててやりながら、さりげなく、信平との暮らしを訊いた。

「信平殿は、何かと厄介事《やっかい》に巻き込まれる。これから先も、此度《こたび》のようなことがあろうが、姫は恐ろしいとは思わぬか」

「はい」

即答した松姫に、頼宣は手を止めて顔を向けた。ふっと笑みをこぼし、ふたたび茶《ちゃ》筅《せん》を動かす。

かつて国ひとつの価値があるといわれた天目茶碗《てんもくぢゃわん》を惜しげもなく使い、松姫に差し出した。

「そうか、恐ろしゅうないか。まあ、信平殿に会いたい一心で、わしを騙《だま》して市中へ出かけていたそちのことじゃ。肝《きも》が据《す》わっておる」

静かに茶を飲み干した松姫は、懐紙《かいし》で茶碗の紅を拭き、膝下に置いた。

「松」

「はい」

「そちが信平殿のもとへ残ると申した時、わしは嬉しかったぞ」

意外な言葉に、松姫が顔を上げた。

「武士の妻たるもの、そうでなくてはいかん。泰平《たいへい》の世に戦《いくさ》はないが、信平殿はあの気性じゃ。屋敷を留守にした時は、家を守るのはそちの役目。そのことを、忘れるでないぞ」

「はい」

「役目と申せば、そちには一番のことがあるが、どうかの」

「それは、なんのことでございますか」

「うむ？　まあ、あれじゃ、そのぉ」

頼宣は言葉を濁した。

松姫は何を言いたいのか分からず、首をかしげている。

天目茶碗を返そうとすると、頼宣が手で制した。

「それは、そちが持っておれ」

茶碗の価値を知る松姫が目を見張ると、頼宣は、遠慮がちに言った。

「その茶碗は縁起がようてな。おなごが持っておると、子宝に恵まれるのじゃ」

一番の役目とは、跡継ぎを産むことだというのにようやく気付き、松姫はうつむいた。

「ありがたく、頂戴いたします」

松姫が中屋敷を出る頃には、雨が止んでいた。梅雨の雲は重く垂れ込め、屋敷は霧に包まれていた。

ぬかるんだ道を歩み、松姫を乗せた駕籠が信平の屋敷に戻った時、表門で騒ぎが起きていた。

「何かあったのでしょうか」

駕籠に付き添っていた糸の声に、

「誰か、倒れているようですな」

佐吉が答えた。

駕籠が止められ、松姫が戸を開けると、門の前に八平の姿があり、倒れた女に声をかけていた。

通りを歩いていた行商の者も足を止め、ちょっとした騒ぎになっていたのだ。

様子を見た佐吉が戻り、行き倒れのようだと言った。

たった今のことらしく、信平も善衛門も出てきていない。

「息はあるのか」

中井が、門前で死なれたら困ると言うと、佐吉は、息はあると答えた。

「雨に濡《ぬ》れて冷えたのだろう。酷く疲れているようだ」

ふたたび雨が降ってきた。

「奥方様の駕籠が通れぬ。女をどかせて、門を開けさせろ」

中井が佐吉に言うと、松姫が止めた。

「佐吉」

「はは」

「この雨です。中で、休ませておあげなさい」

「かしこまりました」

佐吉が行こうとするのを、中井が止めた。

「奥方様、見知らぬ者を屋敷に入れるのはどうかと」

中井は、蛇の権六のことが終わったとはいえ、気をゆるめていない。佐吉も、中井の意見に賛同したいところだが、松姫の命に従った。信平も、松姫と同じことを言うであろうと思ったからだ。

倒れている女に声をかけると、目を開けた。弱々しく詫《わ》びる女を抱き上げると、潜《くぐ》り門を中に入り、お初がいる台所から上がった。

居間に善衛門がいたので、松姫の命で助けたと言うと、善衛門は、どこに寝かせるか迷ったが、とりあえず居間に横にさせろと言った。

女は、青白い顔をして辛そうだったが、善衛門と佐吉に手を合わせて、一晩だけ世話になると言い、頭を下げた。

油断のないお初が、自分が面倒を診《み》ると言い、佐吉に部屋へ運ばせると、着替えの小袖を出した。

佐吉を部屋から出して戸を閉《た》て、着替えをさせてやると、女は、お初に手を合わせて礼を言う。

「気にしないで、ゆっくり休むといいわ。今布団を敷くから」

言いながらも、お初は、女の様子をうかがっている。

三日も食べずに旅をしてきたという女は、確かに旅装束を身につけていた。甲府《こうふ》から来たらしいが、途中で道に迷い、方々を歩き回るうちに力尽き、信平の屋敷前で倒れたのだ。

お初が温かい粥《かゆ》を食べさせてやり、一晩中、片時も離れずに看病した。哀れに思うたからではなく、監視していたのだ。というのも、雨の中旅をしてきたというわりには、着物も傷んでいないし、脱がせた下着も、さほどに汚れていなかったのだ。

「この女は、嘘を言っている」

お初はそう思い、怪しんだ。

下手な芝居をしているなら、朝になる頃にはぼろが出るとふんでいたのだが、女の具合は、悪くなっていた。

熱はないが、腹が痛いと酷く苦しみ、脂汗《あぶらあせ》を浮かべている。

腹痛に効く反魂丹《はんごんたん》を飲ませてやると、痛みは少し引いたようだったが、外を歩けるまではなかった。

お初がそのことを信平に告げると、共に聞いていた松姫が言った。

「旦那様、着物も乾いていないのでしょうから、もう一晩、泊めてあげてはいかがでしょう」

「うむ。元気になるまで、何日でもいてよい。佐吉、薬師《くすし》を呼んで参れ」

「はは」

佐吉が、近くの医者を呼びに走った。

青山《あおやま》の医者、立山道三《たてやまどうさん》が呼ばれて来たのだが、

「ううむ」

女の腹を触診しながら、首をかしげた。

「何か、悪い物でも食うたか。あるいは、水中《みずあた》りじゃな」

そう言って、漢方の薬を置いた。

立山道三は、将軍家に縁の深い鷹司松平家に呼ばれたことに緊張していたのか、代

金の請求もせずに、帰っていった。

医者の知識は確かなようで、漢方薬を飲んだ女は、昼過ぎには楽になったと言い、顔色も良くなった。

「おかげさまで、ずいぶん楽になりました。明日にはおいとましますので、今夜一晩だけ、泊めてください」

女に拝むように頼まれて、お初はうなずいた。

「こちらの殿様は、悪人には厳しいお方だけど、弱い者にはお優しいお方なの。あなたの具合が良くなるまで何日でもいていいとおっしゃっているから、安心して休みなさい」

「ありがとうございます」

お初が盥《たらい》の水を換えるために部屋を出ると、横になっている女は天井を見つめていたが、目を閉じた。

板戸のそばで様子をうかがっていたお初が、女はほんとうに行き倒れたのだろうと思い、裏庭に出て盥の水を捨てた。

雨は止んでいるが、蒸し暑くてじめじめする。医者が言うように、この天気で傷んだ物を食べたのだとも思い、一人旅をした女が哀れに思えた。どこに行こうとしていたのか分かれば案内してやろうと思い、お初は、明日晴れることを願って、空を見上げた。

四

お初は、具合が良くなったという女に温かい豆腐を出してやり、共に夕餉《ゆうげ》を摂《と》った。その時に、どこに行こうとしていたのか訊いたところ、女は目を伏せ気味にして言った。

「日本橋《にほんばし》の伊勢屋《いせや》というお店《たな》に、奉公に上がるところでした」

甲府の商家の娘であったが、店が潰《つぶ》れてしまい、縁者の紹介で奉公が決まったという。

一人旅をしたのは、借金の形《かた》に売られたわけでもなく、仲介人がいなかったからだ。

「そうでしたか、では、伊勢屋さんにはあたしが案内してあげましょう」

お初が言うと、女は喜んだ。

「明日、行けるといいわね」

「はい。おかげさまで、大丈夫だと思います」

「そう、良かった。今夜は、ゆっくり休むといいわ」

お初はそう言って、夕餉を終えると膳を下げた。

夜も更けた頃、台所の火の始末をした下女のおたせが自分の部屋に入り、信平の屋敷は寝静まった。

その夜も、お初は女に付き添い、眠っていた。

起きる気配に気付いて女を見ると、

「憚《はばか》りに」

そう言って立ち上がった刹那《せつな》、お初に簪《かんざし》の切っ先を向け、喉を狙って突き立ててきた。

咄嗟《とっさ》に夜着を浮かせて受け止めたお初だが、女の話を信じて油断していたのが災いし、隙を突かれて手刀で首を打たれ、気絶した。

暗闇の中で薄笑いを浮かべた女は、浴衣《ゆかた》の帯を解いて裸になると、お初の手を縛り、用意していた紐《ひも》で足の自由を奪い、猿ぐつわを噛《か》ませた。その上から夜着をかけると、己の荷物から出した黒装束を纏《まと》い、外に通じる障子《しょうじ》を開けて裏庭に出た。

広大な土地の信平邸は、裏庭から通用の出入り口までは距離がある。盗っ人よろしく、抜かりのない目であたりを見回し、音も立てずに塀の木戸へ走り、とん、とひとつだけ戸を打ち、合図をした。

外から、とんとん、と返されたのに笑みを浮かべ、閂《かんぬき》を外す。すると、黒装束の者が五名ほど入り、そのうちの一人が、忍びが使う直刀を女に渡した。

刀を受け取った女が、入り口に向かって頭を下げると、最後に、真紅の忍び装束を纏った者が入った。

「ご苦労」

女の声に、招き入れた女は嬉しげな顔でうなずいた。

頭目は、周囲を見回し、

「千四百石にしては、ずいぶん広い土地だね」

広大な土地の中に建つ信平の屋敷を遠目に見て、目を細めた。

「狙うのは、信平の首のみ。いいね」

手下がうなずくと、頭目は、引き込みの女に命じた。

「信平の寝所に案内しな」

「それが、監視が厳しくてつかめていません」

恐れた顔で言う女に、頭目がうなずいた。

「まあいい。家は小さいようだから、見当はつく。家来は何人だい」

「侍が三人、下男が一人、女中が四人ですが、そのうち一人は忍びです」

「その忍びの女のことは、見逃せないね」

「捕らえています」

女が、六畳の部屋に縛っていると教えた。

「忍びの女は、信平のあとにあたしが殺す。誰も手を出すんじゃないよ」

頭目はそう言うと、引き込み役の女に案内させた。

台所から侵入すると、音も立てずに土間を歩み、一つひとつ部屋を調べた。眠っているおつうとおたせはそのままにしておき、一味は廊下に上がり、信平と松姫が眠る寝所に向かった。

信平と松姫の寝所は、表の月見台に通じる廊下の手前にある。八畳の下座敷があり、その奥にある部屋が寝所なのだが、権六の騒動は治まったと思っているため、糸は警固をしていない。

佐吉は、妻と共に離れの家に眠り、善衛門と中井は、母屋の裏側にある各々《おのおの》の自室で眠っていた。

一味は廊下を進み、まずは、信平の部屋を開けた。誰もいないが、刀掛けに置かれた狐丸《きつねまる》を見つけ、頭目は、思わぬお宝に顔をほころばせた。

狐丸を手下に渡して隣の部屋の様子をうかがい、廊下に出た。先に奥へ進んでいた

手下は、信平と松姫が眠る寝所の前に立ち、頭目に、ここだと合図をした。

頭目は、手下に手燭《てしよく》の明かりを用意させると、一気に、障子を引き開けた。

奥の間に御簾《みす》が下ろされている。

頭目は刀の切っ先を向けて腰を下げ、静かに歩み寄ると、御簾を切り払った。

「うっ」

中に入り、信平を斬ろうとした頭目が、腕に痛みが走り、目を見張った。

手燭を持った手下が部屋の中を照らすと、松姫を背にかばう信平が角に立ち、鋭い目を向けていた。手には、姫の懐剣をにぎっている。

斬られた腕を押さえた頭目は、信平を睨んだ。

「蛇の、権六か」

信平が訊くと、

「お前を殺し、敵《かたき》をとらせてもらう」

頭目が言い、刀を構えた。

信平は、前に出た。

「悪人に敵呼ばわりされる覚えはない」

「黙れ！」

頭目が手裏剣を放ち、同時に斬りかかった。

懐剣で手裏剣を弾いた信平は、下から斬り上げられた刀を紙一重でかわし、頭目の懐に入ると、突き飛ばした。

頭目は、突き飛ばされながらも刀を振るい、信平の腕を斬った。

姫が息を呑む声がしたが、信平は、大丈夫だと言って松姫の前に立ち、賊どもと対《たい》峙《じ》した。

頭目の前に手下どもが出て、刀を構えた。そのうちの一人が、腰に狐丸を帯びている。この者たちに一斉《いっせい》にかかられては、狐丸を持たぬ信平に勝ち目はない。

「殺せ」

頭目が命じるや、手下たちが刀を脇構えに転じた。

来る――

そう思った刹那、

「曲者《くせもの》じゃ！」

大音声《だいおんじょう》で叫ぶ善衛門の声がした。

信平が知る由《よし》もないが、善衛門は喉の渇きを覚えて水を飲みに台所へ行き、お初の部屋の戸が開いていたのを不審に思い、恐る恐る覗《のぞ》いたところ、縛られたお初を見つけたのだ。

「殿！　殿は御無事か！」

善衛門の声に、家人たちが起き出す気配があった。

信平に対峙していた手下どもは、にわかに騒がしくなったことに、動揺して下がった。

「引け」

頭目が言うと、手下どもが背を返したので、信平は一気に前へ出て、庭に逃げ出した賊どもを追った。

騒ぎに気付いて、中井と佐吉が現れた。糸も薙刀を持って現れ、松姫のそばに行く。

「奥方様、お怪我《けが》はございませぬか」

松姫の無事を確認すると、薙刀を構えて守った。

庭に出た一味のうち二名が、追う信平に向きなおり、対峙した。左右から同時に刀を突いてきたが、信平は身をかがめてかわし、左の者の足を払って倒すと、右の者が切っ先を転じて上から斬り下ろしたのを懐剣で受け流し、手首をつかんで引いた。細い手首は女のもので、信平の力に負けて引き倒された。信平はすかさず、仰向けに倒れた女の腹を拳で打ち、悶絶《もんぜつ》させた。

善衛門が、怯《ひる》んだ賊を幹竹割《からたけわ》りに斬ろうとしたので、

「斬るでない！」

信平が叫んだ。

松姫に、斬殺を見せたくなかったのだ。

善衛門もそのことはわきまえていたらしく、左門字《さもんじ》は峰に返されていた。

肩を打たれた賊も女だったらしく、呻《うめ》き声を聞いた善衛門が驚き、倒れた者の覆面を取った。

若い女の顔を見て、善衛門は賊どもを睨み回した。

「貴様ら、蛇の権六一味か」

言うと、頭目が前に出た。恨みに満ちた目を向けられて、善衛門は懐から数珠を出し、頭目に向けた。

「成仏せい！」

「ふん、笑わせるね」

頭目が刀を構えるや、一足飛びに宙返りをして善衛門を越し、信平に斬りかかった。

信平は懐剣で刃を受け止めた。鍔迫《つばぜ》り合いになり、頭目の顔がはっきりと見えた信平は、目を見張った。獄門になったはずの、蛇の権六だったからだ。

「次は、必ず命をもらうよ」

そう言った頭目は、余裕とも思える不敵な笑みさえ浮かべると、大きく飛びすさった。

手下どもも、背を返して表門に向かおうとした。そこへ、助けられていたお初が立ちはだかり、小太刀を構えた。

引き込み役の女が斬りかかったが、お初は身軽に宙返りをしてかわし、信平の狐丸を持っていた手下から、奪い返した。

ちっ、と舌打ちをした頭目が、善衛門に斬りかかり、刃を受けた善衛門の胸を蹴り飛ばした。

善衛門が後ろによろけた隙に手下を助け起こし、信平たちの前に立ちはだかった。

その隙に、腹を打たれていた手下も立ち上がり、手を借りて逃げようとしている。

頭目の女と、手下の一人が凄《すさ》まじいまでの剣気を放ち、信平たちと対峙した。

逃げる者を追おうとした中井春房に、手下が手裏剣を投げた。

お初が咄嗟に刀を振って弾き飛ばすと、頭目と手下は大きく飛びすさり、信平たちの前に竹筒を振って鬼菱《おにびし》を撒《ま》いた。

乾燥させた鬼菱の実は鋭い棘《とげ》があり、藁草履《わらぞうり》をも貫き、足を痛める危険な武器だ。追おうとしていた善衛門が危うく踏みそうになり、のけ反った。

撒菱《まきびし》をした頭目は、闇の庭を走り抜け、信平の屋敷から逃げた。

「待て！」

佐吉がほうきを持ち出し、鬼菱を掃いて道を開けた。

「お初」

信平は声をかけて、佐吉と三人であとを追った。頭目の正体を暴くためだ。

一味が逃げた木戸から出ると、武家屋敷の通りを逃げる後ろ姿があった。

信平たちが追い、尾張《おわり》藩御附家《おつけが》老《ろう》の屋敷前を走り抜けた時、三辻《みつじ》の陰から、覆面をした侍が襲ってきた。

先頭を走っていた佐吉が大太刀を振るい、相手の刀を弾き飛ばした。その剛剣に愕《がく》然《ぜん》とした侍が、尻餅をついて後ずさりした。

仲間をかばって前に出た侍たちが、刃を向けて佐吉と対峙したが、両手を広げて大太刀を持つ佐吉の姿に圧倒されて、腰が引けている。

「てやあ！」

一人が気合を発して果敢に斬りかかった。

「おう！」

と応じた佐吉が大太刀を振るうと、刃がかち合う音がしたと同時に、侍の刀が折れ飛んだ。

侍が悲鳴をあげて、信じられないという目で折れた刀を見た。

「誰の手の者じゃ」

佐吉が問うたが、覆面の侍たちは答えず、斬りかかる。

信平を守る佐吉が、一人目の手首を斬り、二人目の足を払った。

呻き声をあげた仲間が倒れたのを見て、侍たちは怯んだ。

「引け、引け引け！」

頭目の侍が命じるや、足を傷つけられて倒れた者を置き去りにして逃げ去った。

お初が信平に頭を下げ、侍どものあとを追って行く。

佐吉が、倒れた者をつかみ起こした。

「言え、誰の手の者じゃ」

佐吉が問うと、侍は、歩み寄る信平の目の前で、舌を噛み切った。

「しまった」

佐吉が言った時には、侍は白目をむき、息絶えた。

「殿――」

「うむ。仕方がないことじゃ」

信平は、侍の覆面を取ったが、顔に見覚えはなかった。着物は無紋だったが、月代《さかやき》を綺麗に剃《そ》り、鬢《びん》も整えられているところをみると、雇われた浪人ではなく、どこぞの者に仕える侍であることは間違いない。

「いかがされましたか！」

辻番の役人が、騒ぎを聞いて駆け付けた。

白い浴衣姿の信平と、下はふんどし、上は鼠色《ねずみいろ》の肌着姿の佐吉を見て、役人はいぶかしむ顔をした。倒れた者のほうが、きちんとした身なりをしていたからだ。

「何があったのかと訊いておる」

名も聞かず、寄り棒を向けて高圧的な物言いをした役人に、佐吉が怒気を込めて告げた。

「無礼者！　こちらのお方は、松平左近衛少将《さこんえのしょうしょう》信平様じゃ」

屋敷が近いだけに、信平の身分を知っているのだろう。ぎょっとした役人が、寄り棒を捨てて膝をついた。

「ご、御無礼いたしました」

「よい。それよりも、この曲者が麿を襲い、自害した。公儀目付役に届け、何者か調べてもらいたい」

「はは、承知いたしました」

信平は、頼む、と念を押し、佐吉を連れて屋敷に引き上げた。

行く手を阻《はば》んだ侍たちを追っていたお初が、朝方になって戻った。

浮かぬ顔をして信平の前に来ると、

「申しわけございません。途中で見失いました」

愛宕権現《あたごごんげん》あたりまで追って行ったところで、武家屋敷が並ぶ辻を曲がった途端に、姿が消えていたという。

共に聞いていた善衛門が、腕組みをした。

「見失った近辺の、いずこかの屋敷に入ったのであろうが、あのあたりは大名家も多く、旗本にしても、書院番や御小姓組《おこしょうぐみ》の大身《たいしん》ばかりじゃ。殿、これはちと、厄介ですぞ」

「うむ」信平は、厳しい顔をしてうなずいた。「辻番の者に託した曲者がれっきとした家臣であれば、身元がすぐに分かろう。賊を逃がすために行く手を阻んだとしか思えぬゆえ、その者のあるじが、賊どもと関わっている黒幕ということじゃ。消えた金の行方も、黒幕の元であろう」

「蛇の権六は、生きているということですな」

「それは、分からぬ。分からぬが、顔は蛇の権六に似ていた。お初は、どう見た」

「わたくしも、蛇の権六に違いないかと」

「では、獄門にされたのは身代わりですか」

善衛門の言葉に、信平はかぶりを振った。

「分からぬ。獄門のことは、今一度、五味に調べてもらおう」

「それがよろしゅうございますな」

善衛門が賛同し、佐吉に奉行所まで行くよう頼んだ時、

「おはようございます」

五味が庭にひょっこりと現れ、おかめ顔を覗かせた。

皆に注目されて、五味は驚いたように目を見開き、後ろを振り向き、見られたのは自分だと知って、また信平たちを見た。

「皆さん怖い顔をして、何かありましたので？」

五味が呑気に言い、廊下に歩み寄ろうとしたので、お初があっと尻を浮かせたのだが遅かった。

五味は鬼菱を踏みつけてしまい、

「痛っ！」

足を抱えてひっくりかえった。

佐吉がほうきで掃き清めて五味を助けてやり、信平のもとへ連れて来た。

お初に足の手当てをしてもらいながら、五味は顔を赤く染めて、鼻の下を長くしていたのだが、お初から侍を見失った場所を聞いて、正気に戻った。

「あのあたりは確かに、大名や大身旗本が多いですね。おれなどは、迂闊《うかつ》に近寄れぬ場所ですよ。それにしても、信平殿を襲うとは、恐れを知らぬ大馬鹿か、よほどの人物。どっちにしても、油断ならぬ相手ですね」

「そこでな、五味」善衛門が膝を進めた。「おぬしに、調べてもらいたいことがある」

「なんなりと」

「蛇の権六がまことに処刑されたのか、調べてくれぬか」

「どういうことです？」

五味が善衛門を見て、信平に顔を向けた。

「ここへ忍び込んだのは、蛇の権六だったのだ。お初も、間違いないと申した」

信平が言うと、五味が大口を開けて驚いた。

「まさか、化け物じゃなく、生きた権六だったので？」

五味がお初を見ると、お初はうなずいた。

手当てを終えたお初に礼を言った五味は、正座をして腕組みをした。

「調べるまでもなく、権六は確かに首を刎ねられました。おれがこの目で見たのですから間違いないですよ」

「ではおぬしは、処刑に立ち会ったのか」

善衛門が訊くと、五味は戸惑《とまど》いがちに答える。

「行列には加わらずに、外から見物しただけですがね」

「では、麿とお初が見たのは、やはり別人か、それとも、黄泉から戻った怨霊だろうか」

「間違いなく、人だと思います」

即答するお初に、信平は微笑む。

「では、考えられるのはただひとつ、瓜二《うりふた》つの姉妹がいるのだな」

「双子の姉か妹が敵討ちをしようとしたのなら、また来ますぞ」

善衛門が、これも厄介だと言って膝を打った。

信平は、お初に顔を向けた。

「お初」

「はい」

「辻番に委《ゆだ》ねた侍のこともある。阿部様に知らせてはくれぬか」

「かしこまりました」

五味は、味噌汁を食べそこねて残念そうな顔をしたが、お初はすぐに、阿部豊後守のもとへ向かった。

五

阿部豊後守は、お初から知らされたことを重くみた。

「御公儀の要職に就《つ》く者の中に、小田藩に仕えた忍びを操る者がおると、信平殿は申すのだな」

「断定はされておりませぬ。ただ、御屋敷近くの辻番に託した侍の身元を調べていただきたいと申されました」

「そのことは、すでに届けられておる」

「はは」

屋敷の居間にいる豊後守は、廊下に歩み出て座り、庭に控えるお初を見下ろした。

「自害した侍のことは、目付の建部《たてべ》利勝《としかつ》が調べておる。昨夜の今朝ゆえ、まだ何も分かってはおるまいが、なかなかにできる男だ。自害した者が誰ぞの家臣であるなら、すぐに分かろう」

「はい」

「これまでのことを思えば、蛇の権六に姉妹がおるという信平殿の考えは妥当じゃ。処刑されたのは、間違いなく蛇の権六であるゆえな。それを亡霊だ怨霊だなどと騒いだ奉行所の連中も愚かよ。悪党どもが喜んでいたろうと思うと、腹が立つ」

豊後守は、隠し金が手に入らなかったせいか、珍しく機嫌が悪い。

権六の配下が助命と引き換えに吐露《とろ》した隠し金の額は、噂よりも大幅に多い、十五万両という大金だったのだ。

それだけあれば、大火の復興で疲弊した幕府の財政は潤い、大川《おおかわ》に新たな橋を架ける費用にも充《あ》てられると期待していただけに、阿部の落胆は大きかったのである。

「申しわけございません。上方で蛇の権六の素性《すじよう》を調べておきながら、見逃しておりました」

「そのことだ。権六の素性は、どこで調べた」

「大坂東町《おおさかひがしまち》奉行所でございます」

「奉行の松平重綱《まつだいらしげつな》は、長年権六一味を追っていた男だ。一味が江戸に向かったと知らせたのも重綱ゆえ、かなりのことをつかんでいると思うたが」

「権六のことは、西町奉行所も東に劣らぬ探索をしていたと教えていただき、訪ねたのですが、今の奉行は、先の奉行より引き継ぎがうまくなされておらず、蛇の権六一味のことは、ほとんどご存じではありませんでした」

「それは妙じゃ。大事件の引き継ぎがないなど、あってはならぬことだ。仮に奉行が怠ったとしても、与力どもが知っておったであろう」

「それが、与力が申しますには、前の西町奉行は、目上の東町奉行に何かと遠慮して、手柄を譲ることもしばしば、権六のことに関しては、ほとんど手をつけていなかったそうです」

「馬鹿な」

豊後守は怒り、考える顔をした。

「まさか、松平重綱が一味に関わっているのではあるまいな」

お初は、独り言のように言う豊後守の、次の言葉を待った。

「松平重綱の江戸屋敷は、愛宕権現の近くじゃ」

思わぬ言葉に、お初は豊後守の顔を見た。

豊後守も目を合わせた。

「西町奉行は、それを知っていて、探索の手をゆるめたのかもしれぬ」

お初は驚いたが、顔には出さずに眼差《まなざ》しを下げた。

「お初」

「はい」

「黒幕が松平重綱であれば、手強《てごわ》い相手だ。信平殿には、くれぐれも用心するよう申せ」

「かしこまりました」

お初が頭を下げると、阿部は険しい顔をして腕組みをした。

「松平重綱のことは、わしが調べる。そちは、信平殿を守れ」

「はは」

頭を下げたお初は、屋敷を辞すると信平の屋敷へ向かった。襲撃者の正体が分からぬお初は、一味の後ろに公儀の者がいると思うと、怒りが込み上げてきた。

己のことは二の次にして、いつも民のために邁進《まいしん》し、馬鹿が付くほど正直に生きてきた信平が、やっと松姫と一緒になれて、安寧《あんねい》な暮らしがはじまったばかりだというのに。

「逆恨みで命を狙うなんて、絶対に許せない」

信平を襲った頭目の顔と、自分を騙した女の顔を目前に睨むようにしたお初は、拳をにぎり締めると、歩を速めた。

その背中を見つめていた一人の女が、大名屋敷の塀の角から歩み出た。

女の背後から、薄汚い形《なり》をした男が顔を覗かせ、女のうなじを嗅《か》ぐようにして、

「いい女じゃないですか。かしらと同じ目に遭わせやしょうか」

お初の身体《からだ》を舐《な》めるように見ながら言う。

「余計なことはしなくていいんだよ、俊三《しゅんぞう》。おかしらが牢屋敷でどのような目に遭わされたかなど、あたしゃ知りたくも聞きたくもないんだ」

「へい」

「分かったら、鼻を削《そ》ぎ落としてきな。そのほうが、おかしらが喜ぶよ」

「へへ、姐《あね》さん、そいつはいいや」

俊三に命じたのは、行き倒れのふりをして信平の屋敷に入り込んだ女であった。

女と別れ、お初のあとを追いはじめた俊三は、蛇の権六が使っていた手下で、この男は、権六が牢に囚《とら》われたと知るや、牢役人に賄賂《わいろ》を渡す役を帯び、中の様子を聞き出したり、時には直接権六とも文を交わすなどして、あらゆる情報を集めたのである。

十五万両の隠し金を公儀に奪われなかったのも、この俊三の働きのおかげであったが、頭の権六が牢屋敷で受けた仕打ちまでも隠さず知らせたことが、仲間の女たちの不評をかい、嫌われている。

持って生まれた性格の悪さと、性格が表れた顔のせいで女に相手にされない男であったが、人並み外れたすばしこさと剣の腕を権六に見込まれて、一味に加わっていた。

権六が信平たちに囚われた時は、上方から江戸に下ってきたところだったのだ。

「鼻をへし折り、綺麗《きれい》な顔を台無しにしやがって」

自分を拾ってくれた権六を傷つけた恨みを晴らすべく、俊三はひたひたと走り、お初を追って行く。

信平を守ることと、大坂東町奉行のことを考えながら歩んでいるお初は、身に迫る危険に気付いていない。

今にも泣きだしそうだった空から雨粒が落ちたかと思うと、襲撃者の足音をかき消すように、驟雨《しゅうう》へと変わった。

第二話　雷鳴

一

驟雨を嫌い、持っていた傘をさそうとしたお初の臀部《でんぶ》に、吹き矢の針が刺さった。痛みに驚いたお初が咄嗟に抜いたのだが、吹き矢だと気付き、しまったという顔で振り向いた。懐剣を抜いて襲撃者に備えたが、ぼろを纏い、薄汚い身なりをした男は立っているだけで、襲ってこなかった。

毒針――

お初は、身体の異変に気付いた。男は、毒が回るのを待っているのだ。

助けを求めようにも、雨の中に人の姿はなく、大名屋敷の長大な塀が続いているだけで、表門は、はるか先にある。

そこまで行けば助けを求められると思い、お初は、襲撃者を警戒しながら歩みを進めた。

だが、臀部から痺《しび》れが広がり、右足が思うように動かなくなっている。その痺れは、血のめぐりに従うように広がり、やがて、両足に効いてきた。

ぬかるみに足をとられて倒れたお初は、泥道を這《は》うようにして逃げた。

やがて腕も動かなくなってきたのだが、襲撃者は、あたりを警戒しながら、お初がもがく姿を楽しむように付いて来る。

全身に痺れが回り、お初は完全に動けなくなった。

うつ伏せになっているお初を仰向けにさせると、俊三は、お初の腹に跨《また》がって座り、雨に打たれるお初の顔を眺《なが》めた。

お初の整った顔に指を差し出し、頰をなで、唇をなぞると、鼻をつまんだ。

口が利けなくなり、呻き声をあげるお初に顔を近づけて、

「この鼻をいただいて行く。綺麗な顔は台無しとなるが、命は取らぬ」

不気味な笑みを浮かべた。

懐から刃物をぎらりと抜き、お初の顔に近づけてくるが、全身が痺れているため、抗《あらが》うことができなかった。

「痛くはないぞ」

俊三がなぶるように言いながら、精神が異常な顔つきで切っ先を鼻に向けた時、鋭い目を上げた。空を切って飛んできた物を刃物で弾き飛ばした俊三が、息を呑んだ。

その刹那、お初の腹の上から飛びすさり、一閃《いっせん》された刃をかわした。

助けに入った者が刀を振るうたびに、俊三は後ろ向きに跳んで回転し切っ先をかわすと、手で泥水をはね飛ばして相手を怯ませ、その隙に駆けて逃げた。

地味な茶色の着物に黒い袴《はかま》をつけた若い男は、俊三を追わずに刀を納めると、お初に歩み寄った。

「大丈夫か」

訊かれたが、お初は声にならなかった。

厳しい顔をしている若者は、お初が痺れていることに気付いたらしく、

「毒にやられたか」

そう言うと、印籠《いんろう》から丸薬を取り出し、お初の口に含ませた。

酷く苦い薬に、お初が呻き声をあげた。

「気休めにしかならぬかもしれぬが、我慢して飲み込みなさい」

若者が持っていたのは毒消しの薬に違いないのだが、忍びが使うものとは効き目が

違うらしく、すぐには効かない。それでも、少しずつ手足の痺れが取れていくのを、お初は感じていた。

「医者に連れて行こうにも、江戸に不慣れでな。知っているなら教えてくれ」

訊かれて、お初は豊後守の屋敷ではなく、

「き、北町奉行所の、五味殿」

痺れた口を動かし、なんとか声をしぼり出した。

「北町奉行所の五味殿だな」

応じた男はお初を抱き上げると、北町奉行所に向かった。

お初が襲われた馬場先堀《ばばさきぼり》から北町奉行所は、目と鼻の先と言えるほど近い。

和田倉御門《わだくらごもん》前を折れ真っ直《まっす》ぐ東に向かった男は、北町奉行所の門番に事情を告げて、五味の名を出した。

泥に汚れたお初を抱いている浪人風の男に、門番はいぶかしむ顔をした。

「毒にやられている。急げ」

男が言うと、門番は慌てて中に駆け込んだ。

話を聞いた五味は、すぐさま門番と共に出てきたのだが、男の腕に抱かれてぐったりしているのがお初だとは思いもせず、町娘が誰かに襲われたのだと思っていた。

「何があった」

「五味殿か」

「そうだ」

「この女が御堀端で何者かに襲われていたところを助けたのだが、毒にやられている。貴殿を名指しされたので、連れてまいった」

そう言われ歩み寄った五味が、愕然とした。

「お初殿！」

顔から血の気が失《う》せ、慌てふためいた五味は、落ち着け、と自分に言い聞かせて背を向けてしゃがみ、背負わすように言った。

受け取るや、町医者に走ろうとしたのだが、お初が止めた。

「薬が、効いています。少し休ませてくだされば、大丈夫です」

「はい」

お初には逆らわぬ五味は、奉行所に連れて入った。

同心の詰め部屋ではなく、与力の出田《いでた》の部屋に行った。

文机《ふづくえ》に向かっていた出田は、泥に汚れたお初を見て目を丸くした。

「五味、何ごとだ！」

不愉快極まりない顔で怒鳴った出田だが、五味は有無《うむ》を言わさず畳の上に横にさせ、羽織《はおり》を脱いでお初に掛けると、立ち上がった出田の腕をつかんで、顔を寄せた。

「このお方はですな。御老中、阿部豊後守様の御配下で、今は鷹司松平信平様の屋敷で暮らしているお方です」

ひそひそと教えると、出田があっと声をあげて、お初の前に座って両手をついた。

「御無礼つかまつりました」

「分かったら、ここを貸していただけますな」

五味が真顔で言い、出田を追い出した。

宿直《とのい》の者が使う仮眠用の布団を引っ張り出して敷いてやり、

「濡れた着物を着替えなきゃ。男物の浴衣しかないですが、動けますか」

お初が無言でうなずいたので、五味は枕元に置いた。

「お初殿、どこか怪我をしていますか」

お初は顔をうつむけて答えない。

心配する五味は、おろおろと落ち着きなく言う。

「やっぱり、医者を呼んできます」

お初が手を取って止めた。

「大丈夫。薬が効いているから、もうすぐ動けるようになるわ。それより、助けてくださったお方に、お礼を言っていなかった」

「呼びましょうか」

「お願い」

応じた五味は、部屋から飛び出て表に走った。

だが、男の姿はなく、門番に訊くと、五味が中に入るのを見て、名も告げずに帰ったという。

仕方なく、中に入ろうとしたところ、

「旦那、どうかしなすったんで」

声をかけられた。

小雨《こさめ》の中、上目遣いに駆け寄ったのは、神田三河町《かんだみかわちよう》で御用聞きをしている勘助《かんすけ》だった。

「なんだ、おぬしか。大事な人を助けた浪人を、名も聞かずに帰してしまったのだ」

「そいつは、今の今ですかい」

「四半刻《しはんとき》も経《た》っておらん」

「ひょっとして、そのお方の着物は茶色、袴は黒」

言われて、五味が驚いた。

「どこで見た」

「呉服橋《ごふくばし》の上ですれ違いましたが」

五味が追おうとしたが、勘助が止めた。

「旦那、追うまでもねぇことで。そのお方は、風間《かざま》とおっしゃるお方で、あっしの家の裏にある長屋にお住まいですから、あとで案内をしましょう」

「それでは遅い」

五味はあとを追ったが、風間の姿は見えなかった。

共に来た勘助がこのまま案内するというのを、五味は断った。

「それより、医者を呼んできてくれ。毒で身体が痺れている者を診てもらいたい」

「毒ですか」

「急げ」

「がってんだ」

駆けて行く勘助を見送った五味は、お初のところへ帰った。

間もなくやって来た医者が、拒むお初をなだめて診はじめた。ひとまず安堵した五味は、勘助に風間のことを訊いた。

「浪人は、何者なのだ」

「決して怪しいお方では」

「分かっている。曲輪《くるわ》内になんの用があるのか、知っているか」

「やっ、へ、へ、やっとうでさ」勘助が刀を振るう真似をした。「そりゃもうてぇしたお方で、月に何度か、日比谷《ひびや》の奥平《おくだいら》様の御屋敷に、剣術を教えに通っておられるので」

「ほおう」

奥平家といえば、藩主忠昌《ただまさ》侯が徳川家康《とくがわいえやす》の曾孫にあたる名門。五味は、そいつはたいしたもんだと、腕組みをして感心した。だが、胸のうちでは、眉唾物《まゆつばもの》だとも思っている。奥平家のような名門が、浪人を道場に招くとは思えなかったからだ。

それでも五味は、勘助に礼を言った。

「ありがとよ。今度、案内を頼むぜ」

「へい」

五味は勘助を帰してやり、お初のところへ戻った。

障子を開けたところ、まだ医者が診ている最中で、お初の肌が目に入った。

咄嗟に目を背けた五味は、気付かれないよう静かに障子を閉めたのだが、

「終わりましたぞ」

医者に言われて、そっと障子を開けた。

横になったお初は、浴衣の襟元《えりもと》をなおしていた。濡れて汚れた着物は、お初の枕元に畳んで置いてあった。

医者が五味に言う。

「痺れは一時のものですな。娘さんが飲まれた毒消しが効いておるようですが、まだ少し残っているようです。念のために、これを飲むといいでしょう」

お初は、起きて礼を言おうとしたのだが、医者に止められた。

「今夜一晩、ここで休ませてもらいなさい」

そう言って、帰っていった。

五味の上役である与力の計らいで、お初のことは北町奉行の耳には入らなかった。

夕暮れ時には毒も抜けたのだが、医者が言うように五味が引き止め、お初は素直に従い、翌朝早く、五味に付き添われて信平の屋敷へ帰ったのである。

話を聞いた信平は、お初の命があったことに安堵し、労《ねぎら》いの言葉をかけた。

「助けてくれた者には、折を見て礼に行こう」

お初は恐縮したが、

「剣の達人であれば、話してみたい」

信平はそう告げて、気をつかわせぬようにした。

「それにしても、鼻を削ぎ落とそうなどと、悪趣味にもほどがござる」

善衛門が憤慨し、信平に顔を向けた。

「殿、外道《げどう》どもになんの遠慮もいりませぬぞ。次に来た時は、たたっ斬ってやりましょう」

うなずく信平に、お初が告げた。

「豊後守様は、大坂東町奉行の松平重綱が黒幕ではないかと疑っておられます」

「何、松平重綱殿じゃと」

驚く善衛門に、信平が顔を向ける。

「知り合いか」

善衛門はうなずいた。

「実直なお人柄で、悪い噂を聞いたことがござらぬ」

すると、お初が真顔で言う。

「ですが、松平重綱の江戸屋敷は、蛇の権六一味を追う邪魔をした者たちを見失った愛宕権現の近くです」

「た、確かに、そうじゃが……」

お初が続ける。

「豊後守様は、松平重綱が黒幕であれば手強い相手ゆえ、信平様にはくれぐれも用心するようにとおっしゃいました」

「さようか」

信平が応じると、善衛門が、信じられぬという顔で、目を泳がせてお初に問う。

「豊後守様は、どうなされるおつもりじゃ」

「松平重綱を調べるとおっしゃいました。おそらく江戸屋敷は、目付の建部利勝殿が当たられると思います」

「大坂は」

訊く信平に、お初は即答した。

「おそらく、左慈《さじ》という者」

「忍びか」

「わたくしの師です」

信平は、お初の目を見た。

「ならば、結果はすぐに出よう」

「はい」

「では、麿たちは権六の正体を暴くとしよう」

すると、善衛門がとんでもない、と声をあげた。

「命が狙われておるのですぞ。此度ばかりは、大人しゅうしてくだされ。屋敷に籠もり、守りを固めるのが得策です」

「それがしも、それがよろしいかと」

黙って座っていた中井が賛同し、廊下に控えている佐吉は何も言わず、信平の決断に従う構えを見せた。

どうするべきか思案した信平は、善衛門と中井に従うことにした。

自分が動けば、皆もじっとしてはいない。お初のように、一人になったところを狙われては、誰かが命を落とすかもしれないと思ったのだ。

信平は、不本意ではあったが、屋敷に籠もり、守りを固めた。

このことは、糸から徳川頼宣に伝えられた。

上屋敷で文を読み終えた頼宣は、

「信平も、大人になったものよ」

ふっと、笑みをこぼし、戸田外記を呼んだ。

すぐに現れた側近に、頼宣は厳しい顔を向けた。

「外記」

「はは」

「手勢を連れて、信平の屋敷へ加勢に参れ」

「はは、ただちに」

戸田外記は、手練の者二十名を集めると、信平の屋敷へ向かった。

二

紀州藩からの助っ人《すけと》が入ったせいか、その後何ごともなく、信平たちは平穏な暮らしを送っていた。

目付、建部利勝が信平の屋敷を訪れたのは、久々に晴れた日のことである。

凛々《りり》しい顔をした建部は、三十前の男で、目付らしく身なりも清潔できちんとしており、応対に出た善衛門に対し、

「信平殿に、お会いしたい」

高圧的な態度で言うと、善衛門と共に出ていた佐吉をじろりと睨み、戸田外記が連れて来た紀州藩士たちに、抜かりのない目を向けた。

「御用の向きをお聞かせ願おう」

善衛門が訊くと、建部が厳しい目を向ける。

「目付の御用じゃ。早《はよ》ういたせ」

偉そうな物言いに、口をむにむにとやった善衛門であるが、ぐっと堪《こら》えたらしく、

「では、こちらへどうぞ」

落ち着いた口調で応じ、書院の間に通した。

信平を待つあいだ、庭に控える藩士たちの様子を見て、建部は善衛門に訊く。

「物々しい警備じゃが、戦支度でもされておるのか」

「さよう。蛇の権六一味の襲撃に備えてござる」

善衛門が飄々《ひょうひょう》と答えたものだから、目付としての目が光った。

「次こそは、生かして捕らえていただきたい」

「聞き捨てなりませんな。曲者は自害したのですぞ」

「しからば、自害されぬよう油断めさるな」

手ぬるいのだと言われた気がして、善衛門が抗議のために尻を浮かせた時、

「殿がおいでになられます」

下座に控えている佐吉が告げたので、善衛門は口を閉じて座りなおした。

書院の間に信平が現れるや、建部は態度を一変させ、今にも泣きそうな顔で信平に頭を下げた。

「突然の御無礼を、お許しくださいませ」

信平は、善衛門に何ごとかと問う顔を向けた。

「こちらは、公儀御目付役、建部利勝殿にござる」

善衛門が改めて紹介すると、信平は建部を見て応じた。

「お初から名前は聞いている」

「はは」

「舌を嚙んで死んだ者の身元が分かったのか」

「はい。元大坂西町奉行、竹折対馬守景久《たけおりつしまのかみかげひさ》の家来でございます」

「大坂東町奉行、松平重綱殿の家来ではないのか」

信平が訊き返すと、建部が真顔で答える。

「当初はそう疑っておりましたが、竹折の家来でした」

「では、黒幕は竹折か」

信平の問いに、建部が表情を曇らせた。

「いえ、まだそうとは断定できませぬ。直接竹折に問いただしましたところ、不始末を理由に、年明けに追放した者だそうです」

「建部殿、まさかとは思うが、おめおめと引き下がったのではあるまいな」

善衛門が責めるように言うと、建部は、信平には見せぬ鋭い目を向けた。ひとつ大きな息をして信平に向きなおり、話しはじめた。

それによると、阿部豊後守から命を受けた建部は、自害した者の身元を調べる一方で、配下の者数名に命じて、松平重綱の江戸屋敷を探らせていた。重綱の屋敷に怪しい者どもの出入りはなく、下男二人、下女二人が守っているだけで、静かなものだった。

そこで、下男下女を一人ずつ呼び出し、自害した男を見せたところ、近くの屋敷に出入りしていたのを、憶《おぼ》えていた。

その屋敷は、重綱の屋敷の奥にあるのだが、何日も見張りを続けた結果、侍たちが数名暮らしていることが分かった。そこには、町女が頻繁に出入りしており、初めは、町女が身体を売りに来ているのかと思ったのだが、どうも怪しいということになり、出てきた女のあとを、配下の二人が尾行した。

ところが、二人とも戻ってこず、翌日、小石川村《こいしかわむら》の河原で死体となって見つかったと言う。

「二人とも、首を刎ねられておりました。我々はただちに屋敷へ踏み込んだのですが、一足違いで、逃げられてしまいました」

建部に言われ、信平は問う。

「その屋敷は、誰のものじゃ」

「元は大身旗本の屋敷でしたが、今は空き家となっておりました」

「では、勝手に使っていたのか」

「はい」

建部は、両手をついた。

「わたくしの力及ばず、せっかくの手がかりを台無しにしてしまい、今日は、お詫びに上がった次第。このとおり、お許しください」

深々と頭を下げて詫びる建部に、善衛門は裏表のある男だと眉をひそめた。

「次は、生かして捕らえよと、叱られたばかりです」

嫌味たらたらに、善衛門が教えると、建部はばつが悪そうな顔をしたものの、信平に言った。

「黒幕は、それほど手強い相手だと、申し上げたかったのです。くれぐれも、お気をつけくださいませ」

「うむ」

信平は、建部に労いの言葉をかけた。

「大事な配下を失い、こころを痛めておられよう。麿よりも、配下の家の者を気遣うがよい」

恐縮する建部に、信平は訊いた。

「して、豊後守様は、なんと申されている」

「竹折殿の身辺を探れと、仰《おお》せつかりました」

「松平重綱殿の疑いは、晴れたと」

「いえ。大坂に向かわせた手の者からの知らせを待つと、おっしゃいました。ひとつ、お耳に入れたいことがございます」

「聞こう」

「ごめん」

建部はそう言って、膝を進めた。

「松平重綱殿は、大坂商人から金を受け取っているという話を聞いておりますが、竹折殿は、まったくもって、悪い噂が出てきません。今は、三千石の旗本でありながら無役ということもあり、神田の屋敷で大人しく暮らしており、なんら怪しいところがないのです」

「出世のために、賄賂をばらまいている噂はないか」

「賄賂の噂は、重綱殿のほうにございます。大坂城代はもちろん、幕閣のどなたかにも金を送り届けており、江戸帰参を願い、さらには、江戸町奉行の座を狙っているとか」

幕閣のどなたか、と濁《にご》したのは、その中に、豊後守も含まれているからだろう。

信平は、そう思った。

政《まつりごと》の中枢にいる老中たちに、諸大名や目下の者から金品が贈られるのは、珍しいことではない。問題は、その出所なのだ。

信平は、小判にして十五万両もの銀の行方を考え、建部に訊いた。

「大量の銀を、どうやって江戸に運び、どこで両替したのであろうな」

「運ぶ手段は、他の荷に混ぜてしまえば分かりません。まして、奉行の荷となると、関所でも、たいした調べなく通れましょう。両替屋は、大坂と江戸だけでも数知れずございます」

「多額の両替を引き受けた者は、おらぬのだろうか」

信平が言うと、建部は考える顔をした。

「一応、調べてみましょう」

「しかしながら、重綱殿にそのような噂があるとは、今日まで知りませなんだ」

実直な男だと言っていた善衛門は、建部の話を信じられない様子だ。

豊後守が松平重綱への疑いを解かないのも、なんらかの物が贈られたことがあるからではないだろうか。それが多額の金であったなら、蛇の権六を操り、盗ませた金を賄賂に使っていると、みているのかもしれない。

「自害した者が、竹折家の者だったというのも、気になりますな」

佐吉が口を挟むと、建部が佐吉に横目を向けて言った。

「竹折家を追放された者を、重綱殿が金で雇っていたのかもしれぬ」

建部の言うとおり、重綱が雇い、江戸屋敷の裏の空き家に住まわせていたことは考えられる。

だが信平は、重綱よりも、竹折のほうが気になっていた。邪魔をした男が、主家を追放されて空き家に潜《ひそ》み暮らしていた者にしては身なりが整いすぎていたし、金のために働いた者にしては、あっさり自害したからだ。

「殿、浮かぬ顔をされて、いかがなされた」

善衛門に訊かれて、信平は顔を上げた。

「金で雇われた者が、雇い主をかばうために、自害するだろうか」

そう言うと、建部の顔色が変わった。

「では、信平様は、竹折殿が怪しいと」

「分からぬ。ただ、そう思うただけじゃ」

これまで多くの事件に関わってきた信平の勘は、竹折を怪しんでいた。だが、相手が目付役だけに、迂闊な発言を避けたのである。

それでも、探るような目を向けていた建部は、意を得たりという顔で、

「竹折殿の身辺を探ってみましょう。何か、出るやもしれませぬ」

そう言うと頭を下げ、帰っていった。

佐吉が見送りに出るのを見届けた善衛門が、ふん、と鼻をならした。

「わしはどうも、公儀目付役の者が好きになれん」

「何ゆえじゃ」

「目でござるよ。獲物をあさるような目が、嫌いでしてな。それに、あの者はどうも、弱い者には強く、強い者には弱い。豊後守様は目をかけておられる御様子じゃ

が、まさか、賄賂を受け取っておられるのではございますまいな」

善衛門がそう言った時、お初が丁度、茶を持って来た。賄賂のことが聞こえたらしく、善衛門を睨み下ろすと、信平の前に茶を置いた。

自分ももらえるものだと思い、盆から茶を取ろうと手を出した善衛門の前をお初は素通りし、下座に座ると、信平に言った。

「豊後守様は、伊豆守《いずのかみ》様同様、賄賂を受けられませぬ。建部殿に命じられたのは、おそらく、建部殿も賄賂を受けぬからだと存じます」

「信用できる者なのだな」

「はい」

信平が善衛門を見ると、惚けるように空咳《からせき》をした。

「さて、それがしは、屋敷の見廻りをしてきます」

そう告げた善衛門は、逃げるように、部屋から出ていった。

信平の屋敷を辞した建部は、駿河台《するがだい》の役宅に戻ると、控えていた配下の者に竹折の身辺を徹底的に調べるよう命じた。

そして、自分は家の中にある金をかき集めて、ふたたび出かけた。

命を落とした配下の、残された家族に気をつかえ、と信平に言われたことが胸に響き、できるだけのことをしなければと思ったのだ。

それぞれの家を回り、家が潰れぬよう面倒をみることを約束した建部は、先行した配下と合流するために、神田へ走った。

迂闊にも建部は、己が尾行されていることには、まったく気付いていなかったのである。

三

下駒込村《しもこまごめむら》の畑は、芽吹いた大豆の若葉が雨に濡れて、鮮やかな緑色を見せている。

広大な畑の先には林があるのだが、このあたりは景色がいいというので、大店《おおだな》や大名家の寮が、何軒か建てられている。

竹折対馬守の寮もこの下駒込にあるのだが、林の中に隠すように建てられた屋敷は、茅葺《かやぶ》きの屋根も真新しい、立派な建物であった。

雨によって草木の緑が冴《さ》え、手入れが行き届いた庭は見る者を魅了するのであるが、その美しい庭を見ることもなく、表の部屋の障子は閉てられていた。

部屋の中では、睦《むつ》ごとを終えたばかりの男が煙草《たばこ》をくゆらせながら、うつ伏せに寝ている。その横で女が裸体を起こし、桜色の肌着に袖を通しながら、色気のある目を男の背中に流した。

「殿、先ほどの話は、まことでございますか」

女は、もうすぐ一万石の大名になると耳元で告げられたことを、もう一度聞きたかったのである。

「まことだ。相模国《さがみのくに》に一万石を賜《たまわ》り、足下藩《あしのしも》の初代藩主になれる」

「では、あの約束を、果たしていただけるのですか」

「忘れてはおらぬ。大名となったあかつきには、お前の弟の佐田《さた》義春《よしはる》を剣術指南役に迎え、知行《ちぎょう》千石を与える」

「嬉しい」女は、男の背中に抱き付いた。「これで、死んだ妹もうかばれます」

うむ。とうなずいた男が、仰向けになった。

太い眉の毛が下向きに生え、目が細く、いかにも気が弱そうな顔をしている男の名は、元大坂西町奉行、竹折景久である。

女を抱き寄せた竹折は、汗ばんだ額に頬を寄せて言った。

「蛇の権六を助けてやれなんだことは、一生の後悔じゃ。詫びても、詫びきれぬ」

「何をおっしゃいます。あなた様は大事な時期、妹も、そのことは分かっております」

「そう言ってくれるか、須美《すみ》。わしを大事と思うてくれるのだな」

「当然でございます」

「では、頼みがあるのじゃが」

「なんなりと」

「金は、いくら残っておる」

「それを聞いて、いかがなさいます」

「うむ。実は、大名の話をより確実なものにするために、御老中にさらなる金を渡さねばならぬ。あと一万両、用意できぬか」

「一万両で、よろしいのですか」

須美と呼ばれた女が、竹折の胸から顔を上げた。確かめるような目をしているのを見下ろした竹折が、顎《あご》を持ち、微笑んだ。

「信じられぬか」

「そうではなく、一万両で足りるのかと、訊いているのです」

「お前の妹が苦心して盗み取った金を、わしは一両たりとも無駄にするつもりはない。あと一万両で、間違いなく大名になれる」

「分かりました。では、用意いたします」

「お前たち姉妹には、わしは足を向けて寝られぬな」

「まあ、そのようなことを」

「嘘ではないぞ。現に、権六が葬られた寺に頭を向けて寝ておる」

竹折は須見に背を向けさせて、背後から抱きしめた。

「しかし、さらし首を奪い、骸も奪うとは、妹を想うお前の厚情には、涙が出た」

「殿が、詳しいことを教えてくださったからできたことです」

「いやいや、それを申すなら、俊三であろう。あの者は、伊賀《いが》者より優れている。わしが藩主となれば、家来にしたいほどじゃ」

「俊三が喜びます。あれは妹が可愛がっておりましたから、亡骸《なきがら》を取り戻せて、殿に感謝しています」

「うむ。そこでな、須美よ」

「はい」

「寺の坊主に金を渡して、権六の立派な墓をたてるゆえ、敵討ちは、もうやめにしてくれぬか」

すると、須美の顔から笑みが消えた。

「信平のことが、恐ろしいのですか」

「相手は五摂家《ごせっけ》である鷹司家の出で、今は将軍家の縁者だ。たかだか千四百石といえども、わしなど足下にも及ばぬ身分。そのうえ、信平も、その家来も皆、剣の達人じゃ。お前が屋敷を襲った時は、肝を冷やしたぞ」

「確かに、あの時助けていただけなければ、捕らえられていたでしょう」

「おかげで、家来を一人、見捨てることになった」

「そのことは、なんとお詫びしてよろしいか……」

「よいよい。じゃが、次は助けられぬ。わしは、お前を失いたくないのだ。弟のためにも、敵討ちはあきらめてくれ」

「殿……」

竹折は、須美を抱き寄せて、唇を重ねた。

二人の会話と、睦み合う姿を隠れて見ていた者がいる。弟の、佐田義春だ。

今年十六歳になった佐田は、双子である蛇の権六と須美とは、腹違いの弟である。

主家を失い、父親は主君を追って腹を切り、母も自害したのだが、義春は、二人の姉に連れられて家を出ると、国を去った。父親が、家の再興を願い、双子の娘に、義春を託したのだ。以来、下の姉は食うために盗みを働くようになり、名も権六に変えて、西日本を荒らしまわった。

上の姉の須美は、幼い弟と共に大坂の町に潜み、権六が盗んだ金を管理しながら、佐田家の再興のために弟に剣術を仕込み、今日まで育て上げたのである。

母とも思うている姉が竹折に抱かれる姿と、盗んだ金で育てられたことを初めて知った義春は、あまりの衝撃に声を失い、その場から逃げ去った。

動揺したまま竹折の寮から飛び出すと、裏の林に駆け込み、抜刀した。

「嘘だ。嘘だ！」

優しい姉たちが盗みを働き、旗本に金を渡し、身体を売ってまで自分の身を立てようとしていることがいやだった。下の姉の死さえ知らなかった義春は、苦しみの声をあげ、刀を振った。

周りの枝を切り尽くし、刀の刃がぼろぼろになった頃に地べたへ両手をついた義春は、仰向けになり、腕を目に当てて嗚咽《おえつ》した。

ひとしきり涙を流したことで、幾分か落ち着きを取り戻した義春が考えたのは、姉に、これ以上の罪を犯させてはならないということだった。

佐田家の復活を願いながら死んだ父のために、夜叉《やしゃ》となってしまった姉を、人に戻すと誓ったのだ。

それには、御公儀に訴えるしかない。

竹折を調べに来ていた目付役を見ていた義春は、千代田《ちよだ》の城へ行けば会えると思い、立ち上がった。その刹那、人の気配に気付いて、薄暗い林に鋭い目を向ける。

「誰だ！」

刀を構え、切っ先を向けながら歩むと、茂みから人が出てきた。

町人の形をしているが、そうではないことは、義春には分かった。

「目付役か」

訊いたが、男は返答せず、懐から刃物を抜いた。

「目付役なら、話がある」

言うと、男は警戒する顔をした。

「蛇の権六のことだ」

義春が言うと、男は驚いた顔をした。

「竹折と権六は、繋がっているのか」

男に訊かれて、義春は答えようとしたのだが、いざとなると、躊躇《ちゅうちょ》した。

「黒幕は、竹折なのだな」

義春は答えられなかったが、男は、表情から察したらしく、刃物を納めた。

「拙者《せっしゃ》は、目付役の配下だ。おぬしのことは悪いようにはいたさぬ。知っていることを話してくれ」

「姉は、騙されています。助けてやってください」

「分かった。一緒に来て、詳しく聞かせてくれ」

応じた義春は、男に従って林から出ようとしたのだが、空を切る鋭い音がしたかと思うと、横にいた男が呻き声をあげた。咄嗟に、懐から刃物を抜こうとしたのだが、柄をにぎったまま突っ伏し、動かなくなった。

その背中に弓矢が刺さっているのを見て義春は、はっとして振り向いた。すると、弓を持った男がいて、木陰から、数名の侍が出てきた。竹折の家来たちだ。

「ここで何をしている」

そう言って歩み寄ったのは、竹折家用人の長谷部《はせべ》だ。

「剣の修行をしていたら、あの男が出てきたのです」

「何者だ」

「目付の配下です」

「ほぉう」

長谷部は、義春に疑いの目を向け、仕とめた男を見下ろした。

「話していたようだが、何か、訊かれたのか」

「竹折家の者かと」

「それで？」

「わたしは、剣の修行をしていたと言っただけです。竹折家の者だとは、言っていません」

「共にどこかへ行こうとしたな」

「しつこいので、屋敷とは反対の方角へ歩んで出ようとしたら、付いてきたのです」

「なるほど。しかし面倒なことになった。この者が目付の配下となると、我らが疑われる。どうしたものか」

言われて、義春は考えた。そして、閃《ひらめ》いた。

「わたしが、猪《いのしし》と間違えて射たと、奉行所に名乗り出ます。弓を渡してください」

「ほう、それは良い考えだ。しかし、それは義春殿、そなたの役目ではない」

長谷部はそう言って、弓を持っている配下の者に顔を向けた。

「今すぐに、近くの番屋に名乗り出ろ。この者は町人の形をしておるゆえ、旗本が所有する林に足を踏み入れたほうが悪いとなり、咎《とが》めは受けぬ」

躊躇《ためら》いもなく応じた家来は、林から駆けだした。

「さて、我らはこの死骸を寮に運び、役人が来るまで手厚く預かってやるとしよう」

そう言うと、長谷部は義春を連れて寮に帰った。

「殿」

廊下から声をかけられた竹折は、組み伏せていた須美の身体から離れると、浴衣を腰に巻いて外に出た。

廊下の端に片膝をついている長谷部が、話がある、と目顔で言うので、黙って歩み寄り、須美がいる部屋から離れた。

「なんじゃ」

面倒そうに訊いて、長谷部から告げられたのは、たった今、裏の林で起きたことだった。

驚く竹折に、手は打ったと伝えた長谷部は、

「目付役は、我らを疑っている様子。さらに、義春にも気付かれたようですので、これ以上は、危険ですぞ」

寮から飛び出した義春を追って林に潜んでいた長谷部は、義春が目付の配下と話していたことを、すべて聞いていたのだ。

長谷部から話を聞き終えた竹折が、たくらみを含んだ目をした。

「そろそろ、用ずみか。惜しい女だが、仕方あるまい」

「では、かねてよりの手筈《てはず》どおりにいたします」

「すべて、お前にまかせる」

「はは」

背を返して立ち去る長谷部にため息を吐いた竹折は、部屋に戻ると、須美に笑みを見せた。

「何かございましたか？」

「うむ。長谷部の奴がな、わしの大名昇進を、お前たちと共に祝いたいなどと、浮かれておる」

「まあ」

「一万両を受け取る日の夜に催したいと申しておるのだが、どうじゃ、皆を、集めてくれるか」

「もちろんです。殿とお祝いができると言えば、皆喜びますよ」

「さようか、では、頼んだぞ」

「はい」

「わしは、これから人と会わねばならなくなった。何かと、身辺にはうるさいお方でな。すまぬが、帰ってくれぬか」

名残《なごり》惜しそうに手をにぎって言うと、須美は快諾して支度を整えにかかった。

「義春に一目会って帰ります」

そう言ったのだが、竹折が止めた。

「すまんな。今、家来と共に、客を迎えに出しているのだ」

大事な客を迎えに出していると聞き、須美は嬉しそうな顔で承知した。

「そうでしたか、では、このまま帰ります」

「では、祝いの日にな」

「はい」

須美は、白い目で見送られているとも気付かずに、手下がいる町家に帰ったのである。

四

五味は、上役の出田に命じられて、遺体を引き取りに行くことになった。

「相手は旗本だ。目付役にも届けて、一緒に行ってもらえ」

出田に応じた五味は、近くの評定所に走り、事態を知らせた。

取り次ぎの者から竹折の名を聞いた豊後守は、建部に繋ぎを取り、同行を命じた。

二人は初対面だったこともあり、建部は五味に対し、町方の下っ端役人が、というような目を向けて、

「ついて参れ」

睨むようにして言うと、供の者を連れて歩みはじめた。

そういう扱いをされるのに慣れている五味は、気にもせず付いて行き、下駒込村への道中で、弓を射たのは竹折の家来であること、竹折家の林の中に町人がいたことなどを告げた。すると次第に建部の表情が怪しくなり、立ち止まった。

「殺されたのは、わしの配下かもしれぬ」

不安そうに言われて、五味は驚いた。

さらに建部から、死骸が消えた蛇の権六と、竹折が繋がっているかもしれないと言われて、五味は一歩近づいて訊く。

「では、信平殿を襲ったのは、竹折の手の者ですか」

建部がいぶかしそうに問う。

「おぬし、信平様と知り合いだったのか」

「はい。友の約束を交わした仲です」

ぎょっとした建部が、急に態度を変えた。

「無礼をした。てっきり、ただの役人かと」

「ええ、ただの下っ端ですよ」

五味は飄々と答えて、これまで幾度か、信平と共に事件を解決していることを教えた。

「巷では、黄泉から戻ったなんぞという噂が立ちましたがね、信平殿は、襲ってきたのは蛇の権六の幽霊じゃなく、双子の姉妹と睨んでいます」

建部は歩みを進めながら言う。

「その話は聞いている。わしが竹折を探らせていたのは、信平様が、悪い噂がない竹折を怪しまれておられたからだ。配下の者は、竹折に殺されたのだ」

「では、黒幕はやはり、竹折ですか」

「猪と間違えて射たなどと、白々《しらじら》しい嘘をつきおって。許せぬ」

「急ぎましょう」

五味は、荷車を引く小者を連れて、建部と共に下駒込村に急いだ。

竹折の寮に到着したのは、薄曇りの空の下で、あたりが暗くなりはじめた頃だった。

門の前で訪《おとな》いを入れると、潜り門から侍が顔を覗かせ、帯に十手を差した五味に、

「遅いではないか」

不機嫌に言うと、建部には、何者かと探る目を向けた。

「拙者、公儀目付役、建部利勝にござる。御老中の命で調べにまいった」

例の、高圧的な物言いで告げると、侍の顔色が変わった。

「目付殿が、何用にござるか」

「誤って殺された者が町人であろうと、旗本の敷地内で起きたからには、目付の検《あらた》めが必要でござる。さ、早う通せ」

侍は場を空け、建部たちを招き入れた。

林で射殺《いころ》された者は、母屋の六畳敷きの部屋に置かれ、線香と蠟燭《ろうそく》を立て、手厚い扱いをされていた。

不浄役人の五味や小者たちは座敷に上げてもらえず、裏庭に回らされた。

検分に上がった建部は、遺体の前に座ると、顔にかけられた白い布を取った。変わり果てた配下の顔を見ても、隠密《おんみつ》事ゆえに名も呼べず、膝の上で拳をにぎり締めてい

る。

五味は、建部の姿を見せまいと、後ろに控える家中《かちゅう》の者に問うた。

「この者が裏の林にいたと聞いているが、どうなのだ」

家中の者が膝を転じて答えた。

「相違ござらぬ。それがしも、共におりました」

すると、建部が鋭い目を向けた。

「他に何人いたのだ」

「二人でございます」

「貴公は、猪と思うたか」

「暗《くろ》うて、よう見えませなんだ。まさか人が入っておろうなどとは思いもせず、獲物を仕とめたように見えました」

そう言われては、建部に返す言葉はない。

目付役が来たというので、家の者は慌てた様子で対応したが、奥にいる竹折は、用人共々承知のこと。頃合をみて、

「では、まいろうか」

しめし合わせたように慌てた様子で出ると、

「此度はまことに、家中の者がとんでもないことをいたしまして、大変申しわけない」

用人長谷部が名を名乗り、苦渋の表情で頭を下げた。

あとから入った小柄な男が、用人の前に座ると、

「竹折対馬守景久にござる」

建部に頭を下げることなく、神妙な面持ちで名乗った。

敷地に無断で入った者が悪い！　と突っぱねられると思っていた五味は、いささか拍子抜けした。

だが、建部は厳しい顔を崩さなかった。

「竹折殿、たとえこちらの土地であろうと、迷い込んだ人を猪と間違えるなどということは、あってはならぬこと」

「迷い込んだ、と申されたか」

「他に、なんの理由があると」

「さあ、それがしには分かりかねますが、勝手に人の土地に入り、山菜を採っていたのやも、しれませぬな」

「まことに、猪と間違えたのでありましょうな」

「本人がそう申したので、番屋に出頭させたのですが、不都合がございましたか。ひょっとして、この者は町人ではないと」

「そうは申しておらぬ」

建部が目をそらすと、竹折がうかがう顔をした。

建部が厳しく告げる。

「間違えたとは申せ、人を殺《あや》めたからには、それなりの吟味《ぎんみ》をいたさねばなりませぬぞ」

竹折が応じる。

「いかにも申されるとおりにござる。弓を射た者の御裁きは、甘んじて受けさせ申す。また、これは、それがしの気持ちでござる」

用人が、切餅《きりもち》を四つ、合わせて百両を差し出した。

竹折が言う。

「当家の土地に無断で入ったことは、訴えるつもりはござらぬ。この者の家族に、渡していただきたい」

「弔い料か」

「はい」

「では、預かろう。身元が分かれば、渡しておく」

嘘を言った建部は金を受け取り、五味に引き上げると言って、立ち上がった。

五味が小者に命じて遺体を引き取らせると、竹折の寮から出た。外は暗くなり、小雨が降りはじめていた。

小者たちがちょうちんに火を灯《とも》して、ぬかるんだ道で荷車を引いている。

その前で、建部と肩を並べて歩みながら、五味は首をかしげた。

「番屋の者の話では、出頭した侍は神妙にしているというし、竹折殿もあの態度だ。建部さん、おれにはどうも、悪人には見えなかったのですが」

「いや、怪しい」

五味に向けた建部の顔は、憎しみに満ちていた。

「この者は、猪などに間違えられるような間抜けではない。殺されたのだ」

「だとすると、あの旗本は、相当なたぬきですよ」

「捕らえようにも、なんの証《あかし》もないのでどうにもできぬ」

「また、見張りを置くのですか」

「そうしたいが、三人も失っては、人手が足りない。情けのうて、涙も出ぬわ」

歯を食いしばる建部を見て、五味は黙っていられなかった。

「奴の正体を暴くお手伝いをいたしましょうか」

建部が驚いたような顔を向けた。

「断る。奉行所は、信平様を襲った盗賊どもの探索があろう」

確かに、建部の言うとおりだ。五味は、お初を襲った者の探索もしているので、旗本に関わっている場合ではなかったのだ。

「そうでございました。ついかっとなって、手を貸すなどと軽はずみなことを言いました」

五味は、信平を頼ってみてはどうかという言葉を飲み込んだ。信平が外に出れば、命を狙っている者どもの思う壺《つぼ》だからだ。

深刻な顔をしている五味を見て、建部が肩をたたいた。

「五味殿、気遣い無用じゃ。この借りは、わしの手できっちり返してやる」

「出頭した者は、どうなさるおつもりで」

「奴の尻尾をつかむまでは、見張りをしていたことを言うわけにはいかぬ。悔しいが、お咎めなしの放免じゃ」

建部はそう言ったきり、以後は一言もしゃべらなくなった。

そして翌朝には、建部が言ったとおり、竹折の家来は放免となったのである。

神田の屋敷へ戻った家来を、竹折は満足げな顔で出迎えた。

「長谷部、ようやった」

「はは」頭を下げた長谷部が、庭に膝をついている家来を下がらせると、竹折に言った。

「しかし、此度のことで、駒込の寮で例の宴《うたげ》ができなくなりました」

「ならば、鐘ケ淵《かねがふち》の寮にすればよかろう」

「では、そのように手筈を整えます」

「公儀の目がどこにあるか分からぬ。抜かりのないようにいたせ」

竹折は、人のよさそうな顔に笑みを浮かべて命じると、盆栽《ぼんさい》の松の枝にはさみを入れて切り落とした。

五

竹折の屋敷を見張っていた建部は、出入りする小者には目もくれずに、ひたすら、対馬守が出てくるのを待っていた。

そして、翌日の昼過ぎになって、表門から出た黒塗りの駕籠を追おうとしたのだ

が、

「どうも、怪しい」

建部は、眉をひそめて足を止めた。

駕籠はひとつではなく二つ出てきて、供の侍が三人いる。建部があとを追うのを一旦止めたのは、あとから侍が数名出てきたからだ。間を空けて、別の一団が出てきた。その侍たちは、道ゆく者に鋭い目を向けて警戒し、駕籠が向かった方角とは別の道へ進んだ。

こういう場合、悪人が何かをしでかそうとしている。

目付としての勘が、そう睨んでいた。

そこで建部は、別の道を駆けて先回りをして、駕籠が来るのを待った。

神田川沿いを下ってきた駕籠を町家の軒先に隠れて見送り、行き交う人の中に隠れて追った。

用人の長谷部が建部に気付かぬのは、建部が着流し姿の町人に化けて、布で頬被《ほおかぶ》りをして、刀を筵《むしろ》に包んでいたからだ。

一見すると物乞いに見える建部は、背を丸めて、とぼとぼと歩んでいる。前を行く駕籠を見るでもなく、呆然《ぼうぜん》とした眼差しを地面に向けて歩んでいるのだ。

やがて、大川まで下った一行は、川舟を雇い乗り込んだ。

この時、二つ目の駕籠から降ろされた若者の目が、舟に乗れと言う長谷部を睨んだように見えた。

その姿が、脅されているように思えた建部は、別の桟橋に行き、空樽《あきだる》に腰かけて暇そうに煙草をくゆらせていた船頭に声をかけた。

物乞いにしか見えぬ建部に、船頭ははじめ、怪訝《けげん》そうな顔をしたのだが、銭を多めに渡すと飛び上がるように立ち、

「へい、どこへでも行きやす」

喜び勇んで、舟に乗った。

建部は、舟に乗り込むと、桟橋を離れたばかりの猪牙舟《ちょきぶね》を追うよう命じた。

竹折を乗せた舟は、大川を遡《さかのぼ》り、浅草《あさくさ》を越え、千住《せんじゅ》に向かうと、鐘ケ淵へ漕《こ》ぎ入れた。

淵へ入ってすぐのところにある桟橋に着けると、一行は舟から降りて土手を上がり、瓦葺《かわらぶ》きの屋敷へと入って行った。

遠目にそれを見届けた建部は、千住の浅瀬に舟を着かせて、飛び降りた。

船頭に助っ人を連れて来ることを頼もうか迷ったが、舟だけ残させてそのまま帰

し、建部は川から上がると、屋敷が見張れる場所を探した。

隅田村《すみだ》のこのあたりは見渡す限りの田圃《たんぼ》で、どこからでも屋敷を見ることができるのだが、その分、隠れる場所がなかった。

建部は、田圃の畦道《あぜみち》を歩んで屋敷の北側に回り、川のほとりに薮《やぶ》を見つけて、そこに潜んだ。

潜んで一刻ほど過ぎた頃だろうか、栈橋に次々と舟が集まり、侍たちが降りてくる。その者たちは、神田の屋敷から分散して出かけた者たちに違いなかった。

「これはやはり、何かある」

建部がそうつぶやいた時、川下から近づく一艘《そう》の舟に、建部は目を止めた。その舟には、赤や青、そして桜色の着物が目立ち、乗っているのは、舟を漕ぐ者もすべて、女だったのだ。

栈橋に着けると、女たちが身軽に降りた。到着を待っていたように屋敷から数名の侍が出てきて、栈橋に下りていく。そして、女と言葉を交わすと、舟に乗り、積み荷の俵《たわら》を二人がかりで降ろしはじめた。

建部には、それがなんなのか分からなかった。炭俵にも見えるし、米俵にも思えたのだ。

そして、最後に着けた舟からは、酒の角樽《つのだる》が下ろされ、それを運んだ者は、帰っていった。

仕出しを取ったらしく、どうやら、宴会が催されるようだ。女たちは、さしずめ、どこぞの芸者であろうと建部は思ったのであるが、次の瞬間、はっとした。

信平を襲った、蛇の権六一味ではないかという思いが、心頭をかすめて一閃したのだ。

建部は、夜を待ちきれず、薄暗くなった頃には藪から出て、屋敷に近づいた。

土塀に沿って歩み、裏に回ったのだが、田圃のほとりだけに、裏木戸はなかった。

田植えが終わったばかりの田圃に三方を囲まれた屋敷への入り口は、表しかない。土塀も高く、飛び上がれるものではない。上を見上げた建部は、駒込の寮とは違い厳重な守りだ、とため息を吐いた。

表には、門番がいる。

どうしようか考え、あたりを見回した建部の目に、農家の明かりが見えた。

農家なら、梯子《はしご》があるはずだと思いつき、田圃の畔を歩いて行った。そして、農夫に小粒金を渡して梯子を借りると、屋敷の裏から潜入した。

六

屋敷の大広間では、竹折が上座に座り、上機嫌で酒を飲んでいた。その背後には、須美が運んできた俵が積まれているのだが、そのうちのひとつが開封され、白米の中で丁銀《ちょうぎん》が輝いていた。

「これで、わしも大名じゃ。皆には、今日まで世話になった。この恩は、生涯忘れぬぞ。ささ、祝い酒じゃ。たっぷり飲んでくれ」

隣に座っている須美に酌《しゃく》をしてやり、銚子《ちょうし》を持って立ち上がると、須美の手下ども一人一人に、酌をして回った。

「それにしても、皆、美人ばかりじゃ」

「殿様、いけませんよ。おかしらに叱られます」

そう言ったのは、信平の屋敷に引き込み役として入り込んだ女である。

他の者も皆、信平の屋敷を襲った女たちだ。

「どうじゃ、須美、わしが大名になったあかつきには、この者たちを連れて、奥御殿に入らぬか。大奥のように雅《みやび》な着物も買《こ》うてやる。なに不自由なく、暮らさせてやるぞ」


そう言うと、女たちが喜んだ。

「あたしたちはもう、盗みをしなくていいのですね」

「おお、せずともよい。御殿で、皆仲よく暮らせ」

「おかしら、ほんとにいいのですか」

手下に言われて、須美は笑みを浮かべて告げる。

「佐田の家が再興できるのも、お前たちのおかげ。あたしだけ御殿暮らしをしたら、ばちが当たるよ」

「かしらの許しが出たぞ。良かったのう」

手下の肩をたたいて席に戻った竹折の腕に、須美が腕を絡め、色目を流して言う。

「殿、あの子たちに手を出さないでくださいよ」

「出しはせぬ。わしは、お前だけじゃ」

竹折は須美の手をにぎり、酌を求めた。

「他の方々は、御一緒されないのですか」

「家来どもは、他の部屋でやっておる。義春も、皆と仲ようしておるぞ。のう、長谷部」

「はい」すぐ下の席で飲んでいた長谷部が、柔和な笑みで言った。「何せ、あの若さで我が藩の剣術指南役になるのですから、皆に期待されておりますぞ」

「ちょっと、様子を見て来ます」

「これこれ、わしのそばから離れてはならん。酒がまずうなるではないか。ほれ、酒を注いでくれ」

須美が酒を注ぎながら、竹折の膳に目を向けた。

「殿、何も召し上がられていませんね。長谷部様も」

言われて、長谷部がにやけた。その目に、疑いの色を感じた須美が、箸を持った。

「殿、あたしが食べさせてあげましょう」

「よいよい。腹が一杯じゃ」

「そうおっしゃらずに。お祝いの料理ですから」

尾頭《おかしら》付きの鯛《たい》の身をほぐし、口へ運んでやると、

「やめぬか！」

竹折は手で払った。

須美は、はっとなった。

「みんな！　食べた物を吐き出して！」

須美の声に、その場が静まり返った。

皆恐れて、持っているお椀の中を見たが、身体に異変は起きていない。

「おかしら?」

一人の手下が、悪い冗談はよしてくれと言った刹那、目頭を押さえた。

「あれ……」

他の者も、眠気がすると言って立ち上がろうとして、尻餅をついた。

それを見た須美が竹折に悔しそうな顔を向けた。

「おのれ、毒を盛ったな」

「毒など入れておらぬ。しばらく寝てもらうだけじゃ」

「我らを舐めるんじゃないよ」

須美が竹折を突き離して立ち上がり、朦朧《もうろう》とするかぶりを振って、懐剣を抜いた。

「この程度の薬は、効かないよう鍛錬《たんれん》されている」

女たちが立ち上がり、懐剣を抜いて竹折と長谷部に切っ先を向けた。

「初めから、あたしらを殺すつもりだったのだな。大名になるのは誰のおかげだと思っている」

須美が言うと、竹折が目を見開き、これまで見せたことのない、恐ろしい顔で睨んだ。

「弟の命が惜しければ、刃物を捨てい」

言うや、竹折の背後の襖《ふすま》が勢いよく開けはなたれた。

「義春！」

須美が、縛られた弟の首に刃が当てられているのを見て叫んだ。

「刃物を捨てろ！」

長谷部が、家来から渡された刀を抜き、義春に切っ先を向けた。

須美は、竹折を睨んだが、眼差しを下げて刃物を捨てた。それを見て、手下の女たちも捨てると、別の部屋から家来たちが現れ、取り囲んだ。

「この者どもは、旗本の屋敷へ盗みに入った蛇の権六一味として届ける。構わぬ、斬れ」

竹折の命で、家来たちが抜刀した。

手下の女が、帯に隠していた手裏剣を投げ、一人を倒した。その刹那、別の家来によって袈裟《けさ》懸《が》けに斬られ、断末魔《だんまつま》の悲鳴をあげた。

それを皮切りに、家来が斬りかかったが、手下の女たちは素手で立ち向かった。

だが、一人を打ち倒しても、別の家来に背を斬られるなどして、女たちは、抵抗もむなしく斬り殺された。

一人残った須美は、斬りかかってきた家来の腕をつかんで投げ倒し、刀を奪い、その者の胸に突き立てた。

苦しみの声をあげる家来から刀を抜き、構えて対峙した。

「何をしておる。斬れ！」

竹折の声に応じた家来が、

「おう！」

気合を発して斬りかかると、須美は刃を潜って懐に飛び込み、胴を払った。

その剣さばきに、家来たちは怯んだ。

「弟を殺すぞ。刀を捨てろ！」

長谷部が言うと、須美が鋭い目を向けた。

「捨てたところで、どうせ殺すんだろう。弟を殺したら、真っ先にお前の首を刎ねてやる」

妹の敵だと、数々の役人の首を刎ねてきた須美の迫力は、尋常ではない。返り血で顔を汚した須美の姿は、夜叉に見えた。

「やぁ！」

家来が声をあげ、二人同時に斬りかかったが、須美は地を蹴って飛び、宙返りをしてかわすと、敵の背後で刀を振るい、一人の首を刎ねた。

「ひっ」

仲間を斬られ、顔を引きつらせた家来の首も刎ねようとした時、須美の臀部に、吹き矢の針が刺さった。

「くっ」

痛みに振り向いた須美が、恨みに満ちた顔をした。

「俊三、お前!」

ぼろを纏った俊三が、苦しみに顔を歪《ゆが》める須美を見て、嬉々《きき》とした目で笑った。

「あの世で、おかしらが待っていなさるぜ」

「あたしを裏切るのかい」

「おれのおかしらは、権六様だけだ。いない今は、金さえいただければ、なんでもやるさ」

そう言って、また笑った。

須美が斬りかかろうとしたが、足が痺れ、地に膝をついた。刀を支えにして倒れはしなかったが、身動きが取れなくなった。

須美の前に立った俊三が、仕込み刀を抜き、首に刃を当てた。

腕も痺れている様子の須美は、刀を支えに座るのが精一杯で、裏切り者を睨むことしかできないようだった。

「そのままでおれ。今楽にしてやる」

「せめて、弟と一緒に死なせて」

俊三は何も言わず、斬ろうとした。

「待て」

竹折の声に、俊三が刀を退いた。

「これまでの礼に、願いを聞いてやろう。連れて来い」

竹折が命じると、家来が、縄を打たれた義春を庭に連れ出し、須美の横に両膝をつかせて座らせた。

「義春、こんな奴に騙された姉さんを許しておくれ」

「姉上……」

義春は、かぶりを振った。

「やれ」

竹折が命じると、俊三が刀を振り上げた。その刹那、須美が刀を転じて切っ先を上に向け、俊三の喉を貫いた。

「ぐわぁ」

俊三が呻き声をあげて仰向けに倒れるのも見ずに、須美は義春の縄を切った。

「ここから逃げなさい」

刀を渡し、突き離した。

「逃がすな！」

追おうとした家来の袴を須美がつかみ、しがみ付いた。

「早く行って！」

「おのれ、離せ！」

家来が、須美の胸に刀を突き入れた。

「姉上！」

須美の悲鳴に振り向いたが、義春は仇討《あだう》ちを誓って、屋敷から逃げ出した。

暗闇の中を走ったが、背後から追っ手が来た。

「逃がすな！　追え！」

大勢に追われた義春は、逃げられないと覚悟し、足を止めて振り向いた。

その背中を引っ張られて、

「こっちだ！」

声をかけたのは、建部だった。

屋敷に忍び込んでいた建部は、悪党どもの仲間割れを、手出しせずに見ていたのだが、姉が命に代えて守った若者を、助ける気になった。

同情ではない。この若者が、すべて知っていると思ったからだ。

「舟で逃げるぞ」

建部は、義春を引っ張って桟橋に下りた。

「いたぞ！」

「弓だ、弓で射殺せ」

そう聞こえた時、空を切って矢が飛んできた。

配下を射殺した者がいる。

建部がそう思った時、ふたたび矢が飛んできて、義春が悲鳴をあげた。腕を射貫かれたのだ。

「くそ」

このままでは二人とも殺されると思った建部は、舟に義春を乗せた。

「いいか、元赤坂《あかさか》の鷹司松平様を頼れ。信平様に、お前が知っているすべてを話すのだ。あのお方なら、お前の恨みを晴らしてくださる」

「あなたは共に来られないのですか」

義春がそう言った時、舟に矢が突き刺さった。侍たちが、土手を駆け下りている。

「わしは、やり残したことがある。いいか、忘れるな。元赤坂の鷹司松平信平様だぞ。建部利勝の名を出せば、屋敷に入れてもらえる」

そう念を押して舟を押し出すと、建部は刀を抜いて振り返った。

闇を切り裂いて飛んできた矢を斬り飛ばし、

「目付役、建部利勝がまいる！」

叫ぶや、襲い来る侍どもに突進した。

「やああ！」

一人目の胴を払い、二人目を袈裟懸けに斬り倒して前に突き進み、弓を構える侍に、

「配下の敵、覚悟せい！」

叫ぶや、放たれた矢をよけもせずに肩に受け、切っ先を向けて走った。

慌てて矢を番《つが》えようとした侍の胸を貫き、建部は、そのまま押し倒した。

「おのれ！」

束になってかかる侍どもの刃が、建部の背を斬り、胴に突き入れられた。

建部は、苦しみながらも歯を食いしばって立ち上がり、振り向いた。

恐れて腰を抜かした侍に歩み寄り、刀を突き入れようとした。だが、背後に忍び寄っていた長谷部に一刀を浴びせられ、力尽きた建部は、足から崩れるように、その場に倒れた。

長谷部は、義春が乗った舟を追おうとしたが、闇の川に消えて見えなくなっていた。

「まだ遠くには行っておらぬ。追え、追え」

家来に命じると、先頭に立って舟に飛び乗り、あとを追った。

櫓《ろ》の漕ぎ方を知らない義春を乗せた舟は、暗い川を流れにまかせてくだっていた。

月も星明かりもない中、川上に龕灯《がんどう》の明かりが揺らいでいる。

追っ手が川に出たことに気付いて、義春は手探りで舟の中を動き、竹棹《たけざお》を見つけた。

矢が刺さったままだが、痛みを堪えて棹で川底を突き、舟の舳先《へさき》を岸へ向けた。

江戸の町がどのようになっているか見当もつかない義春は、元赤坂がどこにあるのかも、道順も分からなかった。

夜通し町を守っている番屋に助けを求めるしかないと思い、岸に上がる場所を見つけると、舟を寄せた。

岸に上がり、追っ手の舟が遠くにあるのを確認すると、義春は舟を竹棹で押して、川に流した。

茂みに身を伏せ、追っ手の舟が川下にくだるのを見届けると、上に這い上がった。

この場所がどこなのかも分からない義春は、田圃の畦道を川下に向かって歩み、深い溝に行き当たると、橋を探して大川から離れた。

どこを歩いているのかまったく分からず、不安は募るばかりだったが、溝に沿って歩んでいるうちに大きな道に出た。その道を江戸市中に向かって歩むと、道は土塀に挟まれた。

その土塀は寺のものだと分かり、義春は、閉ざされた門をたたき、助けを求めた。

寺小姓が覗き窓を開けたが、水に濡れ、腕に矢が刺さっている義春にはっとした。

「悪い奴らに追われています。助けてください」

関わりたくないのか、ぴしゃりと窓を閉めた。

「いたか！」

奴らの声が、闇に響いた。空の舟を見つけて、陸へ上がったのだ。

義春が、隠れる場所を探すために夜道へ戻ろうとした時、潜り門が開けられた。

「お入りなさい」

寺小姓が、住職の許しをもらい、招き入れてくれた。

戸を閉めて息をひそめていると、道を走る足音がした。

「こちらへ」

境内の奥へ走り、本堂の裏手に行くと、部屋に明かりがついていた。廊下に、白い浴衣を着た住職が待っており、義春を部屋に招き入れた。

腕に矢が刺さったままの義春を見て、医者を呼ぼうとしたのだが、断った。

「しかし、この傷では――」

「わたしのことは良いのです。それよりもご住職、元赤坂の、鷹司松平様の屋敷をご存じですか」

初老の住職は、目を見張った。

「あのお方とは、どのようなご縁がおありか」

「どうしてもお会いして、お伝えしなければならぬことがあるのです」

「怪我と、関わりがあるのだな」

「はい」

「しかし、その怪我で赤坂まで行くのは無理じゃ。追っ手に見つかる恐れもある」

「それでも、行かなくてはなりません」

和尚が渋い顔で応じた。

「では、この者に案内をさせよう。その前に、腕の矢をなんとかせねば」

和尚は、寺小姓に命じて腕の手当てをさせた。

幸い血は止まっており、矢を抜いても、大量の血は出なかった。

寺に焼酎は置いていなかったが、血止めの薬はあったので、それを塗り、応急の手当てを終えた。

濡れた着物の着替えをもらった義春は、闇の外へ出ると、寺小姓の案内で元赤坂へ向かった。

七

「失礼いたします」

竹島《たけしま》糸が、寝所の前で告げた。

信平の横で眠っていた松姫が起き上がり、

「いかがした」

応じると、

「殿に、火急《かきゅう》の知らせにございます。目付役、建部利勝殿の名を出しております」

建部からの知らせと聞き、信平は立ち上がった。

「まいろう」

布団から出ると、松姫の手を借りて狩衣をつけ、寝所を出た。控える糸に、

「妻を頼む」

そう言うと、書院の間に向かった。

佐田義春は、蠟燭の明かりに映える白の狩衣姿に、一瞬目を見張った。

「殿、この者が、建部殿に殿を頼れと言われて来たそうですが、それ以外のことは、何を訊いても話しませぬ。直《じか》に話したいと申しますので、起きていただきました」

善衛門が言うと、義春は名を名乗り、頭を下げた。

「構わぬ。面《おもて》を上げよ」

頭を上げるのを待って、信平は訊いた。

「建部殿の、配下の者か」

「いえ、建部様は、命の恩人でございます。自分の命をかけて、竹折の手からわたく

しを逃がしてくれました」

「建部殿は、どうなったのだ」

「分かりません。鷹司松平様に、すべてお話ししろと言われ、たった一人で追っ手に向かって行かれました」

おそらく生きてはいまい。

信平はそう思い、目を閉じた。

「して、知っていることとは」

「元大坂西町奉行、竹折対馬守景久の悪事のすべてにございますが、竹折の悪事を語る前に、わたくしの素性を申し上げます」

「うむ」

義春は、両手をついた。

「わたくしは、廃藩となりました備中小田藩家中、佐田義純《よしずみ》の長男。品川で処刑された蛇の権六の、実の弟でございます」

「なんと！」

善衛門が尻を浮かせて驚いた。

「権六のまことの名は、奈美《なみ》と申します」

信平は、義春を見据えた。

「では、処刑に関わった役人の首を刎ねたのは、そちか」

「いえ、奈美には、須美という双子の姉がおりました。役人と、鷹司松平様を襲いましたのは、姉の一味でございます」

「やはり、双子であったか」

信平は、自分を敵と言った女のことを思い出していた。

義春は、信平に頭を下げて詫びた。

「姉たちは、佐田家の再興を願望するあまり、竹折に渡す金を盗んでいたのです」

下駒込村の寮であったことと、鐘ヶ淵の屋敷での惨劇を、包み隠さず話した。

「目付役の探索の網が狭まったことを知り、口を封じたか」

信平は、何も知らずにいた義春を哀れみ、立ち上がった。

「建部殿を捜しにまいる。案内できるか」

義春は、信平の目を見た。

「暗い中を逃げましたので自信はありませぬが、こちらに案内してくれた寺の者におおよその道を告げて問いましたところ、わたくしが連れて行かれたのは、鐘ヶ淵ではないかと申しました」

「鐘ヶ淵ならば、わしが案内できますぞ」

善衛門がそう言って立ち上がり、下座に控えていた佐吉も続いた。

中井には、紀州藩士たちと姫を守るよう頼み、信平は狐丸を持つと、お初を呼んだ。

「お初、麿は悪人退治にまいる。豊後守様にお伝えせよ」

「かしこまりました」

お初は、信平より先に屋敷を出ると、豊後守の屋敷へ向かった。

信平たちは、浅草で舟を雇い、大川を川上に向かった。

夜はすっかり明けて、川を行き交う舟が増えはじめている。

もうすぐ鐘ヶ淵だと船頭が告げた時、大川の土手の上に、町奉行所の同心や小者たちが集まり、何かを囲んでいた。

「殿」

善衛門が、神妙な面持ちで信平を見てきた。信平がうなずくと、善衛門が船頭に命じて、今戸《いまど》側に舟を寄せさせた。

信平の狩衣姿に目を止めた同心の一人が、舳先を向けた舟に歩み寄り、頭を下げた。

「おい、死人か」

善衛門が訊くと、同心が顔をしかめて答えた。

「酷いものです」

大勢いると言うので、義春を気遣った信平は、一人で舟から降りた。

遺体は集められ、筵をかけられていたが、同心が言うには、来た時には、斬り合ったままの惨状だったという。

「男女のもつれにしては、酷すぎます」

「見せてくれ」

信平が告げると、応じた同心が小者に命じて、筵を取らせた。

一目見るなり、信平は目をつむった。

「お知り合いでございますか」

同心に訊かれて、信平は顔を向けて告げる。

「公儀目付役、建部利勝殿じゃ」

同心が目を見開いた。

「その名は、五味から聞いております」

「では、丁重に、建部殿を屋敷へお届けいたせ」

「はは」

「麿の屋敷に忍び込んだ賊のことも、聞いておろうな」

「はい。この者が、蛇の権六に似ているという者がおります」

同心が筵を取らせると、見覚えのある顔だった。

「蛇の権六には、双子の姉がいたそうじゃ」

「では、この者は……」

信平は同心を横目に、蛇の権六に瓜二つの女の髪から、珊瑚《さんご》の簪を抜いた。

「これは、麿が預かる。家中の者に、見覚えがあるか確かめてみよう」

頭を下げて応じる同心には義春のことを告げずに、舟に戻った。

義春に簪を渡してやると、しっかりとにぎり締め、信平に頭を下げた。盗賊とはいえ、何も知らなかった義春には、優しい姉だったのだ。

義春が悔しそうに口を開く。

「姉たちが殺されたのは、こんな土手ではなく屋敷です。わたくしは、逃げながら川を渡りました」

信平はうなずき、川の向こうを見た。

「場所を誤魔化すために、骸を離れた場所に置いたに違いない」

船頭に、鐘ヶ淵に向かうように命じた信平の目は、怒りに満ちていた。

「佐田は、まだ見つからぬのか」

悠然と酒を飲む竹折の前で、家来が頭を下げた。

「殿、ここは一旦、神田の屋敷に戻られてはいかがでしょう」

「まあ、案ずるな。たとえ訴え出たとしても、盗賊の弟が言うことなど、どうとでもなる。証拠の米俵は、処分したであろうな」

「はい。丁銀は、川に沈めてあります」

「うむ。それでよい」

言った竹折の前に、馬を馳《は》せて戻った長谷部が現れた。

息を切らし、額に汗を浮かべた長谷部は、陣笠《じんがさ》を取りもせずに、鞭《むち》を持った手を廊下につけて、悔しげな唸り声をあげた。

「長谷部、いかがしたのだ」

「見放されました」

「なに？　今、なんと申した」

「あのお方は、会《お》うてもくれませなんだ」

「馬鹿を申すな、これまでどれだけの金を渡したと思うておる」

「対応した者が、殿は竹折など知らぬとはっきり申されたと言い、相手にせぬのです！」

絶句する竹折に、長谷部がにじり寄った。

「こうなったら、すべて話すと脅してはいかがか」

「たわけ！　賄賂など、誰も受けておるわ。あのお方は金の出所を知らぬのだ。脅しにならぬわ」

「では、何ゆえ追い返されたのでしょう」

長谷部に言われて、竹折はようやく気付いた。

「わしの悪事が、幕閣にばれたということじゃ」

「佐田が直訴したと」

「そうではない。もっと核心を突いた、何かじゃ」

それが何か分からず、竹折は目を泳がせた。外が騒がしくなったのは、その時だ。

「何ごとじゃ！」

長谷部が怒鳴ると、家来たちが押し出されるように、庭に現れた。そして、大太刀を肩に担いだ大男が庭に踏み込んできた。その背後から、狩衣姿の者が現れたのを見て、長谷部は一歩前に出た。

「何者だ！」

廊下から怒鳴ると、大男が睨み、大音声で言った。

「控えい！　鷹司松平信平様じゃ」

五摂家鷹司家の血を引き、将軍家縁者の信平を初めて見る長谷部は、その神々《こうごう》しさに驚き、慌てて庭に下りた。

竹折も下りてきたが、善衛門と共に入った義春を見て、顔をしかめた。

地べたへ片膝をつきながらも、頭は下げず、信平に目を向けた。

「いきなり押し込まれるとは、将軍家縁者といえども、無礼ではござらぬか」

「悪党に礼儀など必要あるまい」

「異なことをおっしゃる。それがしが何をしたのです」

「佐田家の再興を願う二人の女を操り、多額の金品を盗ませて貢《みつ》がせたこと、すでに明白じゃ。さらに、探索の網が狭まるや、女盗賊たちを集めて殺し、御目付役、建部利勝殿ならびに、その配下の者を殺害したであろう」

「はて、なんのことやら、さっぱり分かりませぬ。公家《くげ》のお方であらせられるので、関東の田舎の地理には不慣れなはず。家をお間違えではござらぬか」

善衛門が怒鳴ったが、竹折は涼しげな顔で笑って見せた。

「無礼者！」

「何か、証がございますのか」

「この者が、すべて話してくれた」

信平が、義春を示して言うと、竹折が訊いた。

「何者でござる」

「蛇の権六の弟、佐田義春じゃ」

「盗賊の弟が申すことを、鷹司松平様ともあろうお方がお信じになられるとは、片腹痛い。さては、貴様ら偽物であるな。そうじゃ、偽物じゃ。将軍家縁者の名を騙《かた》り、将軍家直臣である旗本の屋敷に忍び込むとは許せぬ。者ども！　この不埒者《ふらちもの》を斬れ！」

「不埒者は貴様のほうじゃ！」

表門のほうからした声に竹折家の者が驚き、顔を向けた。

まずは、忍び装束をつけたお初が入り、その後ろから、被《かぶ》り物《もの》で顔を隠した侍が歩んできた。

身なりはどう見ても、身分が高い人物である。

信平たちが頭を下げるのを見て、竹折が後ずさった。

「何者じゃ」

長谷部が言うと、侍は、被り物を取った。

幕府老中、阿部豊後守の出現に、竹折は顔を引きつらせ、声にならぬ声をあげた。

「ご、御老中様までも、何ごとでございますか」

「黙れ対馬」

「は、ははあ」

竹折は膝をつき、頭を下げた。

「貴様が盗賊を操り、多額の金を得ていたことは、調べがついておる」

「おそれながら、何を証拠にそのようなことをおっしゃるのです」

「そう申すと思うて、証拠を連れてまいっておる」

豊後守が言うと、豊後守の家来が、一人の商人を連れて来た。

その顔を見た竹折が、あっと声をあげた。

「この明石屋清兵衛《あかしやせいべえ》に両替をさせた多額の丁銀は、どこで手に入れた」

「そ、それは」

「三千石の旗本が用意できる額ではあるまい!」

豊後守が大喝すると、竹折が押し黙り、平伏《ひれふ》した。

「野心と欲にまみれた痴《し》れ者め。きっと厳しい沙汰がくだると覚悟し、蟄居《ちつきょ》しておれ」

豊後守が厳命し、背を返すと、隙と見た長谷部が抜刀し、斬りかかった。

お初が抜刀して割って入り、懐に飛び込んで胴を払った。

刀を振り上げたまま、よろよろと豊後守に歩んだ長谷部は、刀を落とし、腹を抱えるようにして倒れた。

竹折の家来どもが抜刀したが、佐吉が大太刀を抜いて仁王立ちすると、かかって来る者はいなかった。

「お、おのれぇ」

竹折が声をあげて抜刀し、信平にかかってきた。

信平は、打ち下ろされた刀をかわすや、身体を横に転じて竹折の胸を肘《ひじ》で打った。

竹折は怯んだが、刀を正眼《せいがん》に構えなおした。

「てや！」

正眼から振り上げて斬りかかった切っ先よりも早く懐に飛び込んだ信平は、狐丸を抜刀して胴を斬り払った。

「おう」

苦しみの声を発した竹折が振り向き、背を向けている信平に斬りかかろうとしたが、足から崩れるように、伏し倒れた。

「見事じゃ」

信平の剣術を目の当《ま》たりにした豊後守が、いつもとは違う、剣客《けんかく》の目をして言った。

あるじを失った竹折の家来どもは、豊後守の一睨みで戦意を失い、刀を納めて神妙にした。

豊後守と信平の迫力に、明石屋清兵衛は震え上がり、今にも倒れそうな顔をしている。

その明石屋に、豊後守が歩み寄った。

「明石屋」

「は、はい」

「貴様、竹折にいくら稼がせてもろうたのだ」

「い、一万両でございます」

「さようか。ならば、その一万両はすべて召し上げる。それでお咎めなしじゃ。よいな」

　知らぬこととはいえ、重罰を覚悟していたのだろう。明石屋清兵衛は、頬が揺れるほどの勢いで何度もうなずき、気が抜けたように尻餅をついた。

「そちの助命は、建部が申したことじゃ。墓前に、線香をあげてやるがよい」

　豊後守は、明石屋に言うと、信平にそういうことだと告げて、帰っていった。

　建部は、竹折を黒幕と睨み、信平と初めて会った日から、西国で盗んだ銀の両替先を密《ひそ》かに調べていたのだ。

　後日、蛇の権六と須美の弟である佐田義春に対する仕置が、北町奉行によって吟味されたが、竹折の悪事を暴くことに貢献したことが認められ、お咎めなしとなった。

　牢から解放された義春が、剃髪《ていはつ》したのちに信平の屋敷を訪れたのは、竹折を成敗した日から十日後である。

「仏門に入られたか」

　剃髪し、僧侶の袈裟をつけた姿を見て信平が訊くと、義春は頭を下げた。

「江戸を発《た》ち、高野山《こうやさん》に向かいます。これよりは、姉たちに命を奪われた罪なき方々の供養に、我が身を捧《ささ》げようと思います」

「うむ」

信平は、義春の心中を察して、何も言わなかった。
ただ、仏門に入る若者と、最初で最後の酒を酌《く》み交わし、見送ったのだ。
赤坂の道を去ってゆく義春の背中は、どこか弱々しく、寂しげに見えた。
空に稲光が走り、大地が割れんばかりの音が落ちてきた。梅雨明けの、雷鳴である。

第三話　駆け落ち

一

冷や汁をすすり、

「いや、なんとも」

上向きの鼻の穴がふくらんだ。

具を食べて、

「うん、これは」

また汁をすする。

「はは、いやいや」

目尻をおかめのように下げた五味正三は、お初がこしらえた冷や汁を飲むたびに、幸せそうな顔をしている。

焼き鯵《あじ》のほぐした身と、胡瓜《きゆうり》の輪切りとみょうがのみじん切り、そして、青じそとねぎが入った冷や汁は、胡麻《ごま》と味噌の香りが絶妙で、蒸し暑い朝の食欲を増してくれる味なのだ。

「宿直明けの身体にしみわたり、力が湧く味ですな」

五味は目を閉じてしみじみ言うと、最後の一滴まで干し、器を置いた。

「おかわりはよろしいのですか」

お初が訊くと、

「では、お言葉に甘えて」

三杯目を頼もうとする五味に、善衛門が痺れを切らせた。

「おい、おぬしは飯を食いに来たのか」

「まあまあ、信平殿も支度を終えておらぬことだし、もう一杯だけ」

五味は笑って、お初に手を合わせて頼んだ。

お盆に器を載せて台所に下がるお初は、黄色地に青の七宝《しっぽう》繋ぎの模様の小袖がよく似合い、五味の目をくぎ付けにしている。

善衛門は、そんな五味のことを見て見ぬふりをして、朝茶をすすった。

信平が支度をすませた時には、五味は腹をさすりながら、幸せそうな顔をして待っていた。

佐吉を供に出かけた信平は、五味と三人で神田に向かい、番屋で待っていた御用聞きの勘助の案内で、三河町の長屋を訪れた。

信平は、蛇の権六配下の俊三に襲われたお初を助けてくれた恩人宅に、足を運んだのである。

同心と御用聞きの姿は見慣れている長屋の者たちだが、空色の狩衣姿の信平と、白地に天狗《てんぐ》の赤顔が描かれた柄《がら》の単《ひとえ》に、黒い袴をつけた大男の佐吉を見るなり、

「どなただろうね」

ささやき合うと、手を休めて集まった。

女房たちの目は信平に向けられ、亭主たちは、大太刀を腰に差した大男の佐吉を珍しそうに見ている。

どぶ板が敷かれた道に歩み出て、うっとりしている女房たちの前に勘助が歩み寄り、道を開けろと言ったのだが、

「ちょっと親分、邪魔だよう」

恰幅《かっぷく》のいい女に突き飛ばされ、勘助は長屋の壁で鼻を打って痛みに呻いた。

女房たちはそんな親分には目もくれず、

「綺麗な人だねぇ」

などと言って、信平に近寄ろうとする。

その女房たちの前に、五味が立ちはだかった。

「これ、鷹司松平信平様だ。道を開けろ」

名を教えると、

「知ってるよう」

一人の女が、見るのは二度目だ、大勢の民のために働いてくださった殿様だと言うと、女房たちはますます盛り上がり、退こうとしない。

「おい、これでは通れぬではないか。大事な御用があるのだ。道を開けてくれ」

五味が手を広げて押すと、女房たちはようやく道を譲った。

騒ぎを聞いて表に出ていた風間久幸《ひさゆき》は、長屋の男たちと何ごとだと言いながら、珍しげに見ていた。

その姿を見つけた勘助が、先に行くと、風間の前で立ち止まり、背を返した。

「このお方でございます」

そう言って、信平に教えた。

信平が行くと、男たちがさっと去り、残された風間が、驚いた顔をしている。

「そなたが、風間殿か」

信平が訊くと、風間がはいと返事をした。

探るような顔をする風間に、信平は名乗った。

「知らせもなく訪ねた無礼を詫びる。麿は、松平信平じゃ」

五味が歩み寄り、身分を教えると、風間はぎょっとして、深々と頭を下げた。

「風間久幸でございます」

頭を上げると、目を見ずに訊いた。

「あなた様のようなお方が、浪人者のわたくしになんの御用でしょうか」

「先日、馬場先の堀端で助けられた者の礼にまいった」

すると、風間は驚いたように信平を見た。

話を聞いた長屋の者たちが、仕官が叶うのではないかと噂しながら、喜んでいる。

それを嫌ったのか、風間はあたりを見回し、信平に軽く頭を下げた。

「どうぞ、中へ」

腰高《こしだか》障子を開けて、家の中に向かってお客様だと声をかけると、信平を誘い入れた。

信平は、お初から聞いていたとおりの優しげな風間に、好感を抱いた。

奥平美作守《みまさかのかみ》の屋敷へ出入りを許された剣客でありながら、風間は、身なりも質素で、物腰も柔らかく、威風をまったく感じさせないのだ。

ひと間の座敷で両手を揃《そろ》え、信平を迎えた妻女も、風間同様につつましい。

静江《しずえ》と名乗った妻の振る舞いは、武家の妻女として一分の隙もなかった。

遠慮なく座敷に上がった信平は、静江が出した白湯を飲むと、

「お初は、あの時助けてもらわなければ、今頃どうなっていたことかと、いつも申している」

改めて、風間に礼を言った。

「お初殿は、松平様の御家中でしたか。先日来られた時は何も申されていませんでしたから、驚きました」

「いや、お初は麿の家中の者ではない。御老中、阿部豊後守様配下の者じゃ」

風間が驚き、妻と顔を見合わせた。

「今は、豊後守様の命で麿の屋敷におる者ゆえ、礼にまいったのだ」

「さようでございましたか」

「佐吉」

信平が言うと、佐吉がお礼の品を差し出した。

「そのようなお気遣いは」風間が恐縮した。「お礼は、お初殿から十分してもらいましたので」

「これは、我が妻からの気持ちじゃ。奥平殿の屋敷に上がる時にでも、使われるがよい」

信平が言うと、佐吉が風呂敷《ふろしき》を解いた。

小袖に使う反物《たんもの》と、羽織袴に使う反物、そして、妻女静江の小袖用の反物を贈った。

これらの品物は、お初から暮らしぶりを聞いた松姫が、揃えさせたものだったのだ。

信平は長居せず、腰を上げた。そして、見送る風間に言った。

「近いうちに、麿の屋敷へ招きたいが、よいか」

「もったいないことでございます」

「では、いずれまた」

信平は、頭を下げる夫婦に背を向けると、見物に出ていた長屋の連中に、

「邪魔をした」

声をかけ、拝むようにする老婆に微笑み、長屋を出た。

「ひやっこーい。ひやっこーい」

冷水売りが天秤棒《てんびんぼう》で商品を担いで、三河町の通りを流している。

「どじょうやー。どじょう」

どじょう売りが歩いていると、町家の格子窓から「十匹」と声がかかり、桶《おけ》を持った女が出てきた。

どじょう屋が、慣れた手つきでどじょうを捕まえて渡し、

「今日も暑いから、旦那さんに精をつけてもらっておくんなさい」
四、五匹負けとくと言って、女を喜ばせた。
信平は、明るい町の様子を見るのが大好きであった。京の都もにぎやかだが、江戸の町は、都と違った活気がある。

楽しげに、町の様子を見ながら歩む信平に、佐吉が歩み寄って声をかけてきた。

「殿」

「うむ」

「葉山のご老体が風間殿と会われましたら、殿の家来にほしがりましょうな」

「さようであろうか」

「ええ。夫婦揃って気品がござるゆえ、おそらく気に入りますぞ」

「麿も、風間殿なら家来にしたいと思う」

佐吉が信平を追い越し、振り向いた。

行く手を塞がれた信平は、立ち止まった。場所は、神田橋御門前の堀端だ。鎌倉《かまくら》河岸《がし》は大勢の人が行き交っているが、幕閣の屋敷が建ち並ぶ神田橋御門内に足を向ける者は少ない。

そんな御門前の橋のたもとで、信平たちは、今会ってきたばかりの風間の話をしていたのだ。

「殿、風間殿を家来になされたいというのは、まことでございますか」

佐吉に訊かれて、信平は微笑む。

「お初に話を聞いた時から気になっていたのじゃが、会うてみて、人柄を気に入った。しかし、無理であろうな」

「何ゆえでござる」

「おそらく、奥平様も同じことをお考えではあるまいか。それゆえ、屋敷に招いておられるのであろう」

五味が、腕組みをして言う。

「家来にする気なら、とっくに声をかけていると思いますよ。奥平家の誘いを断る者はいないでしょうから」

勘助が五味に賛同した。

「そうそう、十一万石の大名家の家来になれるんですからね」

五味が言う。

「でもまあ、誰かさんみたいに、十万石の殿様になる縁談を断る人もいらっしゃるから。風間殿が誘いを断っているなら、何か事情があるのかも」

勘助が不思議そうな顔をした。

「旦那、今の話はほんとうですかい」

「うむ？」

「ですから、十万石の殿様になれる話を断ったお方がいらっしゃるので？」

「いるよ。お前の目の前に」

勘助が丸くした目を信平に向けた。

「ほ、ほんとうでございますか」

信平が、涼しい顔でうなずく。

「へぇー」

感心して見る勘助に、五味が付け足した。

「十万石よりも、恋を選んだのだ、このお人は」

「恋？」

「そうだ。奥方様にくらべれば、百万石、いや、天下人《てんかびと》の座も劣るというわけだ」

「へぇー」ふたたび感心した勘助が、思い出したように拳で手を打った。「ということはあれですかい。風間の旦那も、奥平家から婿《むこ》入りの話があったんでしょうか」

五味が首を横に振る。

「いくらなんでも、浪人者が大名家に婿入りはないだろう。それに、奥平家は立派な跡取りがおられる。あるとすれば、世継ぎがいない藩士への婿入りだな。いずれにせよ、想像にすぎん。はなから、仕官の話もないかもしれんしな」

勘助は信平に顔を向けた。

「だとすれば松平様、遠慮なく、風間の旦那を家来にできますね」

「おい、口をつつしめ」

佐吉に怒られて、勘助が首を引っ込めた。

「よい。風間殿の話を、もう少し聞かせてくれ」

信平が告げると、勘助がへいと答えて首を伸ばし、得意げな顔で鼻をすすった。

「風間殿の出身は」

五味の問いに、勘助は首をかしげた。

「さあ？　そういえば、訊いていませんでした」

「妙な者が出入りすることはないか」

「風間の旦那は、町の者にも慕われていますから、お人柄は、あっしが保証します
よ。あのご夫婦には幸せになってもらいたいと、みんなが願っているんで」

「まあ、奥平家に出入りするのだから、素性はしっかりしているだろうな」

五味が言い、信平に訊く。

「信平殿、家来に誘うつもりなのでしょう？」

「それは、まだ分からぬ。皆と相談してからじゃ」

勘助が信平に言う。

「では、あっしはここでお別れいたしやす。見廻りがございやすんで」

「礼を言うぞ」

「お安い御用です。また何かありましたら、いつでも使ってやってください」

頭を下げて、鎌倉河岸の人混みの中に紛れて行った。

曲輪内に入り、辰ノ口《たつのくち》で五味と別れた信平は、佐吉と二人で赤坂の屋敷へ帰った。

途中、日比谷にある奥平家の門前を通ったのだが、いきなり訪れて訊くわけにもいかず、信平は通り過ぎた。

二

信平が風間夫妻を屋敷に招いたのは、五日後である。

信平が、風間を気に入っているのを知った善衛門が、まずは、奥平家から誘いがあるかどうかを本人に確かめるべし、と言い、信平の尻をたたいたのである。

迎えに行った佐吉が、妻の静江を駕籠に乗せて、風間と歩いて戻ってきた。

信平の屋敷の表門から入った風間は、広大な敷地にくらべて館が小さいと思ったのか、

「松平様のお人柄がうかがえます」

佐吉に言うと、ほっとしたようだった。

「大名家の屋敷は、肩が凝ります」

奥平家とは言わなかったが、難しい顔をした家来が大勢いる屋敷は、正直苦手なのだとこぼした。

「殿は、わしのような家来と共に食事をされるお方だ。気楽にされるがよい」

佐吉はそう言って、夫婦を表玄関に案内した。

「殿、おいでになられました」

松姫と奥の部屋にいた信平は、糸に言われて、松姫と共に表に向かった。

広い書院の間ではなく、客間に通すよう命じていたので、そちらに入ると、風間夫婦が、揃って頭を下げた。

まだ五日しか経っていないため、夫婦は粗衣《そい》を纏っている。

だが、立ち居振る舞いは一流で、ことに、反物の礼を松姫に述べる静江の様子は、善衛門や糸を感心させた。

「今日は、よう来てくれた。ゆるりとして行ってくれ」

信平が言うと、おたせとおつうが酒肴《しゆこう》を載せた膳を運んだ。

お初が風間夫婦の前に座り、酌をすると、妻の静江が驚き、辞退した。

「麿の屋敷で遠慮は無用。共に、楽しもうぞ」

信平が言うと、静江は風間に顔を向けた。

「いただこう」

風間が言うと、静江は微笑み、お初に盃《さかずき》を差し出した。

普通は考えられぬことであるが、幼い時分はたった一人で食事をしていた信平は、男女の隔たりなく、和《なご》やかに食事をしたいのだ。

この席には、佐吉と、妻の国代《くによ》も参加している。

そんな信平の人柄が伝わったのか、半刻が過ぎた頃には風間と静江の緊張もほぐれ、皆と談笑するようになった。

「旦那様、静江殿を庭に誘いとうございます」

願う松姫に、信平は微笑んで応じる。

「楽しむとよい」

「静江殿。外に出ませぬか」

松姫の誘いに、静江は笑顔で応じて立ち上がった。

糸と国代、そしてお初も松姫に従って部屋を辞し、五人で庭に出ていった。

その頃合をみて、善衛門が銚子を持ち、風間の前に座った。まずは酒を注ぎ、盃を空けさせると、それとない様子で訊いた。

「風間殿は、剣の達人じゃそうだな」

「達人と言われるほどのものではございませぬが、無心流《むしんりゅう》を多少遣います」

「奥平殿の屋敷へ通うておるそうじゃが、藩侯に剣術の稽古をつけておるのか」

するとと、風間が苦笑いをした。

「あれは、親分が勝手に言っているだけです」

「うむ？」

「わたしは、奥平様の屋敷では下働きをしているのです。ただの、薪割《まきわ》りですよ」

「なんと、そうであったのか」

がっかりする善衛門に、風間は頭を下げた。

「親分には、困ったものです。わたしが社《やしろ》の境内で真剣を振るって稽古をしているのを偶然見て、たいした腕だなんだのと言い、思い込みで話を大きくしているのです。いつかほんとうのことを言わなければと思っているのですが、長屋の連中にも話が広まってしまい、言い出せなくなっているのです」

「仕官の誘いは、かかっておらんのか」

「とんでもない。わたしは浪人の家に生まれましたので、宮仕えなどできませぬ」

善衛門が、信平を見てきた。

よろしいか、という目顔に信平が無言で顎を引くと、善衛門が風間に酒をすすめ、出身地など、踏み込んだことを訊いた。

「わたしは、江戸の生まれでございます。母はわたしを産んで間もなく亡くなり、男手ひとつで育てられました。その父も、生まれつきの浪人者。先祖は北条家《ほうじょう》に仕えた武将だと自慢しておりましたが、怪しいものです。先祖伝来の太刀だと言われて父から受け継いだ刀は、確かに古いのですが」

「見せて、もらえるか」

信平が言うと、

「お恥ずかしい限りですが、よろしければどうぞ」

風間が承諾した。

「佐吉」

「はは」

下がった佐吉が、預かっていた刀を持って来ると、信平に差し出した。

塗《ぬり》が剥げた鞘《さや》は、確かに古い。

信平は、懐紙を唇に挟み、抜刀した。

何度も研ぎ直されたと思われる刀身は、くすんだ輝きを見せているが、錆《さび》のしみがひとつもない。刀の身幅《みはば》が広く、切っ先も欠けにくいように大きい。銘は刻まれていないというが、信平には、名刀に見えた。

「御尊父《ごそんぷ》がおっしゃることは、嘘ではあるまい」

そう言うと、静かに鞘に納め、佐吉に渡した。

「どちらにお住まいか」

信平が訊くと、風間が答えた。

「十年前に、他界しました。わたしは、それを機に剣術修行の旅に出る決意をし、主に西国を旅した後、一年前、江戸に戻りました」

妻の静江とは、旅の途中で出会い、江戸に連れて来たという。

「江戸に戻ってからは、剣の腕を生かそうと思い、道場などを訪ねて回ったのですがうまくいかず、世話になっている蠟燭問屋のあるじの口利きで、奥平様の屋敷で働かせていただけるようになったのです。おかげで、今は夫婦二人がなんとか食べていけております。ですから、いただいた反物は、わたしどもには身に余るもの。御無礼ながら、お返ししたいのですが」

「いや。いずれ使う時が来よう。仕立てておくがよい」

風間が、不思議そうな顔をした。

「わたしに、使う時が来ましょうか」

「麿の、家来になってくれぬか」

信平が頼むと、風間は動揺したのか、目を泳がせて顔をうつむけた。

「返事は、今でなくてもよい。考えておいてくれ」

信平が告げると、風間は両手をついた。

「身に余るお話を賜り、嬉しい限りではございますが、謹《つつし》んで、ご辞退させていただきます」

「風間殿、断ると申すか」

不愉快そうに言う善衛門を信平がたしなめると、口をむにむにとやった。

「これ、殿は五摂家鷹司家の御出身で、今は将軍家縁者の名門ぞ。家来になりとうてもなれぬ者もおると申すに、断るわけはなんじゃ。俸禄《ほうろく》のことなら、考慮するぞ」

「いえ、俸禄など、二の次でございます」

「ではなんじゃ」

「わたくしが、松平様の家来になれるような者ではないからです」

「じゃから、そのわけを訊いておる。何か、罪でも犯しておるのか」

「罪と言われれば罪。しかし、法を犯すようなことはしておりませぬ」

「どういうことじゃ」

「これ以上は、ひらにご容赦《ようしゃ》を」

風間はそう言って頭を下げ、理由を話すことを拒んだ。

「人には、他人に話したくない事情もあろう」

信平は、相手の気持ちも分からず、いきなり頼んだことを反省した。そして、風間に詫びた。

松姫と静江たちが戻り、場の空気が変わっているのを察したようだが、佐吉が飲みなおそうと言って取り繕い、国代に酌をするよう言った。

国代は素直に応じながらも、心配そうな顔をしている。

「麿が、迷惑も考えず家来に誘うたのじゃ」

信平が正直に言うと、国代が嬉しそうな顔を静江に向けた。だが、静江が表情を曇らせているのを見て、何かあると察したらしく、黙って酌をして回った。

信平の横に座った松姫も、静江を心配そうに見ている。

「そろそろ、おいとまをしとうございます。今日は、お招きいただき、まことにありがとうございました」

風間は、申しわけなさそうに言い、夫婦揃って頭を下げた。

信平が応じる。

「これに懲《こ》りず、また遊びに来てくれ。これからは、主従のことは抜きにして、麿の友になってくれぬか」

風間は恐縮した。

「このような浪人者が、松平様と友になってよろしいのでしょうか」

「遠慮はいらぬぞ、風間殿」善衛門が言った。「北町の五味なんぞは、殿にことわりもなく居間に上がり込んで朝飯を食うほどの仲じゃ。殿は、そういうお方なのじゃよ」

「では、よろしくお願いします」

風間が信平に頭を下げると、

「静江殿は、わたくしの友になってください」

松姫が言った。

松姫と静江は歳も近く、気が合ったようだ。

こうして、信平と風間の交流がはじまったのである。

神田に帰る夫婦を見送ったのち、信平と松姫の部屋を糸が訪れた。

「失礼いたします」

声をかけて入った糸が、信平と松姫に言った。

「風間様のご妻女ですが、お二方はどう思われましたか」

「どう、というのは？」

松姫が訊き返すと、糸は身を乗り出し、推測を述べた。

「わたくしが思いますに、静江殿は育ちがよいのではないかと。もしやすると、大名家に御縁の深い方ではないでしょうか」

思わぬことに、信平と松姫は、顔を見合わせた。

「大名家の姫が、ゆえあって市中へ下っているというのか」

松姫が訊くと、糸がはいと答えた。

「それゆえ、殿の申し出を断られたのではないでしょうか」

「何かわけがありそうなのは確かなようですが、決めつけぬほうがよい」

松姫が言うと、糸は首を振った。

「いいえ、こういうことは、しっかり調べたほうがよろしゅうございます。素性の分からぬ者を屋敷に招きますと、揉《も》めごとに巻き込まれるやもしれませぬ」

蛇の権六のことがあったばかりだけに、糸が警戒するのは無理もない。信平はそう思った。

「何か事情があるなら、麿はあの夫婦の助けになりたいと思う」

「殿、またそのようなことを……」

「糸、口が過ぎますよ」

松姫に言われて、糸は黙った。

「お初殿を助けた風間殿の心根を、旦那様は好いておられるのです。わたくしの思いも、旦那様と同じです」

「はい」

「糸殿」

信平が呼ぶと、糸が顔を上げた。

「そなたは、あの夫婦をどうみている。本心を聞かせてくれぬか」

「はっきり申し上げますと、わたくしも、あの二人は若いながらも、優れた人格の持ち主だと思います。ですが、それはそれ。素性がはっきりせぬうちは、屋敷に招くのはお控えください」

「あい分かった」

糸が両手を揃えた。

「生意気を申しました」

「よい。我が家を想うてのこと、麿は嬉しく思うぞ」

糸の松姫に対する忠義には、主従の枠を超えた愛情がある。どのような時でも松姫のために尽くしてきた糸の気持ちを重んじる信平は、忠告を受け入れ、風間を屋敷に招くのは控えることにした。ただし、付き合いをやめる気は、毛頭《もうとう》ないのである。

だが、信平が関わることで、風間夫婦の人生が思わぬ方向へ進むということを、信平は気付いていなかった。

三

風間は、朝暗いうちから日比谷の奥平家に入り、薪割りに水汲《みずく》み、庭の掃除などの下働きをこなしている。

袴の股立《ももだ》ちを取り、ぼろ布で頬被りをしている姿は、浪人というよりも、下僕そのものだった。その見た目のせいで、藩邸の下男下女からも粗末な扱いを受けたが、風間は不愉快な顔をすることなく、懸命に働く。そして、夕暮れ時に仕事を終えると、その日の給金をもらうのだが、朝から晩までたっぷり働いた金額が、二百文である。仕事は毎日あるわけでもなく、ひと月に稼げるのは四千文。小判にすると一両がやっと。

大工の日当が五百文程度のことを考えると、格安である。長屋の家賃が月に八百文なので、暮らしは楽ではなかった。それでも、風間夫婦は幸せだった。

貧しくとも食えない日はないのだし、何より、二人で暮らせることが、一番の幸せだったのだ。

奥平家の裏木戸を出た風間は、袴の股立ちを整えると、あたりを見回し、わざわざ表に回った。

馬場先の御堀端から城を眺めながら歩むのが、風間の楽しみのひとつだ。

神田橋御門から市中に戻った風間は、寄り道せずに、真っ直ぐ家に帰った。

その姿に、驚愕《きょうがく》の眼差しを向ける侍がいようなどとは、思いもしない風間である。

「おい、どうした」

共にいた侍が声をかけると、風間を目で追っていた侍が、ものも言わずに、あとを追いはじめた。

そして、三河町の長屋に入るのを見届けると、長屋の路地から人気《ひとけ》がなくなるまで待ち、家に近づいた。そして、格子窓からそっと中を見るなり、侍は背を返し、その場を去った。

「おい、前沢《まえざわ》、いったいなんなのだ」

同僚の侍が訊くと、前沢はようやく口を開いた。

「国家老様が捜している男を見つけたのだ。急いで国許《くにもと》へ知らせねば」

それだけ言うと、前沢は歩を速め、麻布《あざぶ》の上屋敷に急いだ。

遠州森藩《えんしゅうもり》五万石の国家老、長上智昌《ながうえともまさ》の屋敷に江戸からの文が届いたのは、夏の盛りの頃である。

早打ちで送られた文に目を通した智昌は、屋敷の式台に文をたたきつけるようにして、外を睨んだ。

「おのれ風間め、江戸におったとは」

父の声に、廊下を歩んでいた嫡男浅昌《ちゃくなんあさまさ》が足を止め、廊下の端に身を潜めた。

「御家老、いかがいたしますか」

用人の光田《みつた》が訊くと、智昌は奥に足を向けた。

身を隠す暇《いとま》も場所もなく、浅昌がその場に膝をついて控えていると、廊下を曲がってきた智昌が、鋭い目を向けた。

「浅昌」

「はい」

「風間が江戸におったぞ」

「聞こえました」

「策を練る。そちもまいれ」

「あの」

「なんじゃ」

「妹も一緒なのですか」

「そうだ。粗衣を着て、長屋で貧しい暮らしをしておるそうじゃ」

拳をにぎり締めて悔しげに言うと、

「千津代《ちづよ》、千津代はおらぬか！」

大声で妻を呼び、居間に入った。

程なく現れた千津代は、浅昌と静江の母親だ。

「どうしたのです、大きな声をお出しになって」

「喜べ、静江が見つかったぞ」

そう聞いて、母親が驚いた顔を息子に向けた。

「今、江戸から知らせが来たそうです」

浅昌が言うと、母親は父親に問う。

「静江は、息災なのですか」

「粗末な長屋で暮らしておる」

智昌が答えると、光田が膝を進めた。

「ただちに追っ手を出し、お嬢様を連れ戻させましょう」

「風間は手練じゃ。抜かりのないよう、腕の立つ者を集めよ」

すぐに追っ手を出すために立ち上がった光田に、智昌が厳しい顔を向けて命じた。

「江戸の前沢に案内させよ。風間が手向かいをするようなら、斬っても構わぬと申せ」

「はは」

光田が立ち去り、屋敷がにわかに騒がしくなる中で、母親は、浮かぬ顔を息子に向けた。

浅昌は、母の心情を察したかのように、立ち上がった。

「浅昌、どこへ行く」

父に訊かれて、友と約束があると言って出ようとしたのだが、呼び止められた。

「分かっておろうな。殿は静江をあきらめておられぬのだ。今ならまだ間に合う。邪魔立てをすることは、決して許さぬぞ」

言われて、浅昌は真顔で応じる。

「心得ています。父上の面目《めんぼく》を潰すようなことはいたしません」

そう言って両親がいる居間から辞した浅昌であるが、額に汗を浮かべ、焦りに満ちた顔つきに変わっていた。

城下の道を急いだ浅昌が向かったのは、武家屋敷が並ぶ曲輪《くるわ》の外にある剣術道場だった。

この重松《しげまつ》道場は、修行の旅をしていた風間久幸が長逗留《ながとうりゅう》した場所であり、浅昌が風間と木太刀を交え、技を磨いた場所でもある。

浅昌と風間は、道場で稽古を重ねるうちに仲よくなり、親友と呼べる間柄だったのだ。

その風間を、父親の智昌が目の仇にするのは、妹の静江を連れて、城下から逃げたからだ。

浅昌に誘われて長上家を訪れた風間のことを、智昌も千津代も、初めは気に入っていた。

特に、風間の剣の腕と才知を見込んだ智昌は、藩の剣術指南役は難しいにしても、自分の家来にほしがり、気兼ねをして断る風間を引き止めて、屋敷に居候させたのだ。

智昌の誘いに甘えて、重松道場の師範代を務めながら長上家に居候することとなった風間は、次第に静江を想うようになり、静江もまた、風間に引かれた。

それに気付いた浅昌が、風間と静江に問うたところ、二人とも顔を赤く染めるものだから、驚いた。そして、二人が夫婦になることを、密かに望んでいた。そんな矢先、美しい静江を藩侯の世良山城守《せらやましろのかみ》忠真《ただざね》が見初め、側室にほしがったのだ。

娘を藩主の側室に出すことは、武家にとっては名誉である。まして、藩主忠真には子がいなかったので、静江が男子を産めば、藩主と縁戚となる長上家の行く末は安泰だ。

大喜びした智昌は、悪い噂が立つのを恐れて、風間を屋敷から追い出した。

風間は修行の旅をしていたのだから、国から去るであろうとふんでいた智昌であったが、風間は重松道場に戻り、城下にとどまったのである。

そして、江戸に発つ日が近づいたある日の夜中に、風間は、静江を連れて駆け落ちしたのだ。

以来智昌は、家来に命じて娘を捜していた。追っ手を出せば、必ず死人が出る。

そう思った浅昌は、友と妹を案じ、重松道場へ駆け込んだのだ。

「開門！　開門！」

閉ざされた道場の門扉をたたき、訪いを入れると、潜り戸が開けられ、門弟が顔を覗かせた。

「長上殿ではござらぬか」

「おお、墨田《すみだ》殿」

墨田は浪人だが、風間が駆け落ちするまでは、共に剣術を学んだ仲である。

「師匠は、重松先生は御在宅か」

「おられます」

「風間を覚えているか」

「風間？　ああ、あの風間」

「そうだ、あの風間だ。あいつのことで、先生に頼みがある。急ぎなのだ、入れてくれぬか」

墨田はいぶかしそうな顔をしたが、

「うかがいを立てて来る。しばし待たれよ」

そう言って、一旦戸を閉めた。

程なく戻ってくると、

「お会いになるそうだ。入れ」

潜り戸を開けてくれたので、浅昌は中に入った。

全盛期の頃は百名以上の門弟が通っていた重松道場は、威勢のいい声が門外にも響いていたほどだが、今は、ひっそりとしていた。

浅昌が案内されたのは道場ではなく、母屋の客間だった。

一人で待っていると、間もなく重松が現れた。

総髪に白髪が目立つようになっている重松は、

「ようまいられた。顔を見るのは、いつぶりかのう」

かつての弟子を見て、懐かしそうに目を細めた。

浅昌は、あいさつもそこそこに、畳に両手をついて頼んだ。

「先生、風間と妹が見つかりました」

重松は、身を乗り出した。

「とうとう見つかったか。して、どこにおるのだ」

「江戸です」

「何、江戸じゃと」

「はい」

「あの馬鹿者め。西国へ行けと申したに」

ぶつぶつと言うのを、浅昌は聞き逃した。

「先生、今なんと？」

「そうか、江戸にのう」

重松は、遠くを見るような目をした。

「風間がここを去って、一年になるか」

「はい」

「それで、藩侯は今も、静江殿のことを忘れておらぬのか？」

「父上の様子では、おそらく、そうではないかと」

「あのお方も、罪なお人よのう。子に恵まれぬのを、おなごのせいにしおってからに。これまで側室を何人替えたのじゃ」

「妹で、二十五人目になるのではないかと」

「そう、それよ。いいかげんあきらめて養子を取れば、藩は安泰、若い娘も、怯《おび》えて暮らさずにすむではないか」

遠慮のない師匠の小言に、浅昌は口を閉ざした。

重松は、風間と静江の仲を知っていただけに、家老が手の平を返して風間を追い出した時は憤慨したものだ。好いているなら奪ってしまえと知恵を授けた重松であったが、心根が優しい風間は、駆け落ちを拒み、国を出ようとした。その風間を重松が道場にとめ置いたのも、五十が近い藩主に静江を渡そうとする家老に反抗してのことであった。

「二人は、江戸のどこにおるのじゃ」

「神田の三河町という町の長屋で暮らしているそうです」

「さようか。どうしておるか案じていたが、生きていたのだな。あの二人のことじゃ。仲ようしておるのだろうのう」

「しかし、妹を連れ戻すために、父が追っ手を送るつもりです。今日は、先生にお頼みしたいことがあってまいりました」

「この老いぼれに、何をしろというのだ」

「江戸へ、使者を出していただけませんでしょうか。風間と妹に、知らせてやりたいのです」

重松は、厳しい顔つきをした。

「おぬしが行けばよいではないか」

「そうしたいところですが、勝手に国許を出ることはできません」

「隠居して暇なわしなら、自由が利くと思うたか」

不機嫌に言われて、浅昌ははっとした。

「いえ、そのようなつもりでは。ただ、先生は風間に目をかけておられましたので、お力添えを願えるかと思ったのです」

「わしは、足が痛《いと》うて旅ができぬ。墨田をやってもよいが、あれはちと、抜けておるでな。江戸へなど、よう行くまい」

事情を察した浅昌は、別の手段もなく、肩を落とした。

すると、重松が言った。

「瀬戸物問屋の九兵衛《きゅうべえ》を知っておるか」

「存じています」

「あそこには、旅慣れた手代がおるはずじゃ。江戸にも行ったことがあるはずゆえ、頼ってみてはどうじゃ。わしの名を出せば、力になってくれよう」

「分かりました」

「追っ手より遅れてはならん。急げ、浅昌」

「はい」

浅昌は、重松に頭を下げて辞し、瀬戸物問屋に駆け込んだ。

「重松先生に頼れと言われてまいった」

ずかずかと店の奥に来るなり言われて、帳場に座していた久兵衛は目を白黒させて上がり框に出てきた。

「若様、慌てられてどうされたのです」

「手を貸してくれ、頼む」

「どうか頭をお上げください。手前にできることならば、なんなりといたしましょう」

浅昌は頭を上げ、真っ直ぐな目を久兵衛に向けた。

「江戸に、人をやってもらいたい。旅慣れた者がおると聞いたのだが」

「おります」

「では、神田三河町の長屋に暮らす風間久幸という者に、文を届けてもらいたい」

「三河町でしたら、知り合いの商人がおりますので、すぐに見つかりましょう」

「そうか、では、すまぬが筆と紙を貸してくれ」

「かしこまりました」

筆と紙を借りた浅昌は、風間と静江に、父が追っ手を出すことを知らせる文を書いた。その間に、久兵衛が江戸まで走ってくれる者を呼び、用件を告げた。

商いで江戸には何度も行ったことがある幸吉《こうきち》という男は、神田の商人たちもよく知っているというので、浅昌は文を託し、路銀《ろぎん》もたっぷり持たせて走らせた。

四

自分たちが見つかったことを知らぬ風間は、奥平家の務めを終え、夕暮れ時に長屋に帰った。その表情には、いささか影があったのだが、家の前に立つと、胸を張った。

「今戻った」

「お帰りなさいませ。お前さま、今日の夕飯は、とろろ汁ですよ」

迎えた静江が、明るい声で言う。

「それは何よりの御馳走《ごちそう》だ」

風間は、日当をすべて渡し、座敷に上がった。

静江が、すぐに膳を調《ととの》えてくれた。出汁《だし》が利いたとろろ汁を、炊き立ての麦飯にかけて食べるのが、風間の好物となっていた。ねぎも新鮮で、香りがいい。

「静江が作る飯はうまい」

風間が言うと、共に食べていた静江が、嬉しそうに微笑んだ。

風間と静江は、信平の屋敷に招かれて以来、共に食事を摂るようになっていた。以前は、給仕をする静江の前で一人で食べていた風間は、信平が松姫と食事を共にするのを見て、自分たちもそうするようになっていたのだ。

そんな楽しい食事の時、風間はふと箸を止め、お椀を持った手を膝に置いた。

静江が、どうしたのかという顔をしている。

「今日、奥平家の徒頭《かちがしら》に、仕官を誘われた。剣術ではなく、働きぶりが認められたらしいのだ」

風間が言うと、静江が困惑した面持ちをした。

「そうですか。それで、お返事はされたのですか？」

「その場でお断りした。松平様のお誘いを断ったのだ。奥平家に仕えるわけにはいくまい」

「そうですね」

安堵する静江に、風間は言う。

「徒頭を怒らせてしまってな、明日から来なくてもいいと言われた。別の仕事を探さなくてはならぬ」

「大丈夫ですよ。ひと月は食べて行けますから、ゆっくり探してください」

「蓄えが、あるのか」

「はい」

静江は、少しずつ蓄えたのだと言い、笑みを浮かべた。

風間は安堵の息を吐いた。

「静江」

「はい」

「わたしは、これを機に刀を置こうと思う。剣術修行で各地を旅して回った経験を生かし、商いをしようと思うのだ。今すぐではないぞ。そなたと、晴れて夫婦になれた時だ。年が明けたら、お父上に文を送ろうと思う」

静江はうつむいた。

「それはおやめください。父上が許すはずはないのです」

「では、そなたはどうだ。わたしが武士でなくなることを、許してくれるか」

「許すも許さぬも。わたくしはかねがね、お前さまに武士は似合わぬと思っておりました」

風間は笑った。

「そうか、そうだな。わたしも、宮仕えはできぬし、このままだと、生涯苦労させてしまうと思っていたのだ。許してくれるなら、これほど心強いことはない。さっそく明日から、準備にかかろう」

「なんの商いをされるのです」

「日《ひ》ノ本《もと》中の町から特産物を買い集めて売るのだ。江戸には日ノ本中から人が集まっているので、故郷の物があれば、喜ぶであろう」

「まあ、それは楽しそうですね」

「それには元金がいる。明日からは給金がいい仕事を探して、来年の春までには貯めるつもりだ」

「ではわたくしも、仕立ての内職をはじめます」

「何をいう。そなたには家のことで苦労をかけているのだ。無理をしてはならん」

「でも」

「いいんだ。そのかわり、店を出したら女将《おかみ》としてしっかり働いてもらうからな」

「まあ」

二人の夢に向けた会話がはずみ、夕餉は楽しい一時であった。

翌朝、長屋を出かけた風間は、割りのいい仕事を紹介してもらおうと、蠟燭問屋の暖簾《のれん》を潜った。

「あるじはおられるか」

番頭に訊くと、少々不機嫌そうな顔であるじを呼びに行った。

出てきた店のあるじは、風間の顔を見るなり、

「聞きましたよ、風間さん。あなた、奥平家の仕官の話を断ったそうですね」

責めるような口調で言う。

風間は苦笑いで応じた。

「生まれながらの浪人であるわたしには、宮仕えは向いていないのだ」

「そうは申しましてもね、そんな良い話は、めったにないことですよ」

風間がばつが悪そうな顔をしていると、あるじが用件を訊いた。

「今朝は、どうされました」

「奥平家への出入りができぬようになったのでな、どこか他に、仕事はないだろうか。金を貯めたいので、割りのいい仕事があれば助かるのだが」

「そういうことになっていましたか」

奥平家への出入りの口をきいたあるじとしてはおもしろくないようで、風間に冷ややかな目を向けた。

「今すぐには思いつきませんので、いい話がありましたら、お知らせしますよ」

「そうか。では、よろしく頼みます」

「どうぞ遠慮なく、他も当たってみてくださいまし」

それは、もう口をきかないというのと同じだ。そう思った風間は、胸のうちでがっかりして、蠟燭問屋から出た。

あるじはいつも、奥平家に仕官ができればいいのにと言っていたのだから、せっかくの話を断った風間のことを、馬鹿な男だと思ったであろう。

外に出た風間は、店先で頭を下げて、立ち去った。

一日中仕事の口を探し回ったのだが、結局この日は見つけられずに、風間は長屋に帰った。

静江は、風間の様子からだめだったと覚《さと》ったらしく、何も訊かなかった。黙って温かい食事を出し、普段と変わらぬ会話をしている。

長屋の連中から仕入れたおもしろい話などを聞きながら、風間は穏やかな気持ちで食事をしていた。

腰高障子をたたき、訪う声がしたのは、そんな時だった。

「どちら様でしょう」

静江が訊くと、

「小間物屋の清水《しみず》屋でございます」

遠慮がちな声が返ってきた。

三河町に店を構える清水屋のことは知っている。なんだかんだ言いながら、蠟燭問屋が仕事を紹介してくれたのかもしれぬと、風間は期待を抱いた。

静江が戸を開けると、頭を下げるあるじの後ろに、荷物を背負った男がいるのが見えた。

「夜分にすみません。風間様に文を届けに来たという者を、お連れいたしました」

清水屋が言うと、背後にいた男が歩み出て、懐から文を出した。

「長上浅昌様から、お預かりしました」

そう言うと、幸吉は自分の名を名乗らずに、文を差し出した。

静江が受け取ると、

「確かに、お渡しいたしましたよ」

幸吉は言い、清水屋に、用はすんだと頭を下げた。

「では、わたしたちはこれで」

清水屋が言い、帰ろうとするのを、静江が呼び止めた。

「兄上……」言いかけて、言葉を変えた。「いえ、文を託した者は、この場所をご存じなのですか」

するとと幸吉は、腰をかがめて答えた。

「神田の三河町におられるということしかご存じないようでしたので、わたしがお世話になっている清水屋さんを頼ったところ、こちら様のことを知っておられましたので、案内をしていただいたのです」

「そうですか。確かに受け取りました。でも、依頼した者には、この長屋のことは伏せておいていただけませんか」

「はあ？」

「お願いします」

「分かりました。では、失礼します」

帰っていく二人に頭を下げた静江は、戸を閉めると、手紙を風間に渡した。

「何かあったのでしょうか。まさか、父上にこの場所が知られたのでは」

不安そうに言う静江の前で、風間は文に目を走らせた。そして、目を見張った。

「そなたの言うとおりだ。智昌殿に、この場所が知られた」

「えっ」

絶句する静江に、風間は言った。

「わたしの顔を知る者が、江戸詰になっていたようだ。迂闊だった。どこかで顔を見られて、跡をつけられたのだ」

静江は不安を面に出した。

「それで、兄上はなんと」

「智昌殿はすでに、追っ手を出されている。今日明日にも、ここへ来るだろう。藩侯は、未《ま》だそなたのことを、あきらめていないらしい」

風間は、智昌が自分を斬れと命じたことは、静江に教えなかった。文を懐に押し込むと、刀を持って立ち上がった。

「お前さま、どちらに行かれるのです」

「このままでは、そなたの身も危ない。麻布の藩邸に出頭する」

そう言うと、静江が立ちはだかった。

「だめです。行けば、お前さまがどのような目に遭わされるか」

風間は、強いて笑みを作った。

「大丈夫だ。命までは取られない」

「いやです」

「静江……」風間は、妻の手をにぎった。「藩侯があきらめぬ限り、どこまでも追ってくる。わたしはそなたに、逃げ回る苦労をかけとうない」

「本気で言っているのですか」

「ここから逃げたら、今の暮らしより悪くなる。もはやこれまでだ。そなたは、両親のもとへ帰れ」

追っ手が来れば斬り合いになりかねぬと思った風間は、にぎった手を引っ張り、外に連れ出そうとしたが、静江が強固に拒んだ。手を振り放し、台所の包丁をつかむと、切っ先を喉元に向けた。

「静江！　何をする！」

「どうしても藩邸に連れて行くとおっしゃるなら、ここで死にます」

「分かった。藩邸には行かぬ。だから、刃物を置きなさい」

「お前さまは、わたくしを生涯離さぬと、おっしゃったではありませぬか。店の女将にするとおっしゃったではありませぬか」

「分かった。わたしが悪かった。もう二度と、そなたを連れて行くなどとは言わぬ」

大粒の涙をこぼした静江が、包丁を下げた。

風間は、ゆっくり近づいて包丁を取り上げると、静江をきつく抱きしめた。

「追っ手の者は、わたしを斬ろうとしている。ここを逃げても、どこまでも追ってこよう」

「覚悟はできています。生きるも死ぬも、お前さまと一緒です。でも、ここは、わたくしにおまかせください」

「何をするつもりだ」

「ここで追っ手を待ち、父上に宛てた文を渡します。わたくしの気持ちが伝われば、許していただけるかもしれませぬ」

静江はそう言うと、筆と紙を用意し、文をしたためた。そして、追っ手の者が来るのを待ったのである。

森藩の藩士たちが長屋に現れたのは、翌日の未明だった。

朝が早い者は仕事に出かける支度をしていたのだが、十数名の侍たちが路地に入ってくるのを見て、慌てて家の中に駆け込んだ。

格子窓から様子をうかがう者や、腰高障子の隙間から見ている者がいるが、侍たちは目もくれずに奥へ行き、風間の家の前を囲んだ。

二手に分かれており、裏にも数名が立っている。

風間と静江は、昨夜から一睡もせずに一間の座敷に正座し、彼らを待っていた。

腰高障子に人が近づき、

「ごめん」

低く、通る声で訪いを入れた。と同時に、中の様子を探っている。

「名を、名乗られよ」

風間が訊くと、男は名乗った。

「岩山長元《いわやまながもと》と申す。森藩国家老、長上智昌様の命でまいった。風間久幸殿でござるな」

「いかにも、風間久幸だ」

長上家に居候していた風間と岩山は、顔見知りどころか、酒を酌み交わした仲であるが、今は、以前とは違う立場だ。

一拍の間があり、岩山が問うてきた。

「風間殿、静江様は、御一緒であろうな」

「ここにおられる」

「では、大人しく引き渡していただこう」

「断ると申したら、いかがする」

「力ずくで連れ戻す」

岩山はそう言うと、一歩下がり、鯉口《こいぐち》を切った。

「お待ちなさい。戸は開いています。岩山、そなた一人だけ中に入りなさい」

静江の声に、岩山は刀を納めた。罠《わな》かもしれぬと言い、抜刀しようとした配下の者を止めた。そして、戸に手をかけ、ゆっくり開けた。

座敷に座る静江を見て、岩山は、安堵の息を吐き、中に入った。

「お嬢様。お元気そうで、何よりでございます。ささ、それがしと共に、藩邸にまいりましょう」

長上家に長年仕えている岩山に、静江は遠慮なく言った。

「いいえ、行きませぬ。わたくしは、生き地獄のような側室になど、なりとうない」

「そのようなわがままは通りませぬ。これは、殿のおぼしめし。主命にござる。背けば、御家老をはじめ、母様、若君とて、無事ではすみませぬぞ」

「そのような脅しが、通用すると思っているのですか」

「しかし、お嬢様――」

「そなたは本気で、わたくしが殿様のおそばに行けばよいと思っているのですか」

「そ、それは、その……」

岩山とて、藩侯の女に対する悪い噂は耳にしている。静江に言われて、目をそらした。

「お願いです、岩山。わたくしは国を去った者。今さら帰ったところで恥をかくだけ。側室などにはなれぬ」

「そのようなことはありませぬ。殿は、お嬢様のお戻りを望んでおられます」

「わたくしがここにいることを、殿様はご存じなのですか」

「そ、それは」

藩主の耳に入っているのか分からず、正直者の岩山は、返答に窮した。それを見た静江が、岩山の前に座り、頭を下げた。

「お嬢様、おやめください」

「お願いです。この文を、父上に渡してください」

差し出した文を見て、岩山は困った顔をした。鋭い目を風間に向け、

「お嬢様にこのようなことをさせて、また逃げるつもりであろう」

責めるように言う岩山だが、大事な姫を攫《さら》った男を恨む目をしていない。

これに対し、風間が言った。

「文の返事を持って来るまで、逃げも隠れもせぬ。長上殿が、わたしと静江のことをお許しになられぬ時は、静江をお返しいたす。ただし、側室に出さぬことを、お約束願いたい」

「そのようなこと、貴様が言う道理ではなかろう」

「されば貴公は、静江が側室になることを願っておるのか」

「だから、そのことはだな……」

「どうなのだ」

責められて、岩山は反論した。

「このような薄汚い長屋に住むよりは、よほど良い」

「岩山、どうか、わたくしの願いを聞いてください」

「お嬢様……」

「わがままは分かっています。でも、わたくしは、久幸さまと共に暮らせる今が、一番幸せなのです」

静江に懇願《こんがん》され、岩山は仕方なく従った。

「分かりました。そのかわり、御家老のお返事が来るまで、こちらに見張りを置きます。よろしいですな」

そう言うと、困ったようにため息を吐き、外に出た。見張りの者を表と裏に二名ずつ置くと、藩の上屋敷に引き上げて行った。

岩山は、静江が国許にいた頃とは見違えるほどしっかりしていることに驚き、動揺していた。今のやりとりで、二人を引き離すのは難しいと判断した彼は、まずは江戸家老に相談するべく、急いで帰った。

「何、長上の娘が拒んだじゃと」

江戸家老の千葉哲安《ちばてつやす》は、岩山から話を聞いて頭を抱えた。

「どういうことじゃ。風間が長上の娘をたぶらかして連れ去ったのではないのか」

問われた岩山は、風間と静江が相惚《あいぼれ》の仲であったことを正直に話した。長上家のことを思えば隠さねばならぬ立場だが、静江が江戸屋敷に連れ戻されることを考えると、ここで嘘を言うのは得策ではないと、判断してのことだ。

「風間が連れ去ったのではなく、静江様が連れて逃げてくれと、頼まれたのではないかと」

「長上は、そのことを知っていたのか」

「相惚の仲であったことは、ご存じのはずです。家中の者は、なんとなく知っておりましたので」

「何がなんとなくじゃ、馬鹿者」

「ははぁ」

「このことが殿の耳に入ってみろ、どのように悲しまれるか」

言われて、岩山は両手をつき、額を畳に擦《す》り付けた。

「千葉様のお知恵を、何とぞ賜りたく」

「言われなくとも、考えておるわ」

千葉は不機嫌を露わに、じろりと睨んだ。

「このこと、誰にも申しておらぬだろうな」

「はい」

「娘と話したのは、貴様だけか」

「そうでございます」

「ならばよい。このわしが駆け落ちは許さぬと申したと伝えて、即刻、娘を連れてまいれ」

「しかし、側室に出さぬのが条件です」

「そのように申せばよい」

「それでは、お嬢様を騙すことになります」

「たわけ。貴様は何を命じられて江戸まで来たのだ」

「…………」

「長上の窮地を救うためではないのか」

「そのとおりでございます」

「ならば、することはひとつじゃ。殿は、静江が江戸にいると聞いて、今か今かと待っておられる。文を国許へ送っている暇などないぞ」

大剣幕で言われて、岩山は仕方なく、連れ戻しに向かった。

五

うだるような暑さの中、神田から麻布、麻布から神田へと休みなく移動した岩山は、へとへとになりながら、長屋の前を一旦素通りした。

静江をどのように説得して藩邸に連れて行くか、その言葉を考え、口の中で何度も繰り返していたのだ。

江戸家老に相談したのは間違いだった。

そう思ったところで、今となってはどうにもならぬ。

「ええい、なるようになれ」

江戸家老の命だと言って、拒んだ時は力ずくで連れて帰る決意を固めた岩山は、長屋の路地へ足を踏み入れた。

するとどうも様子がおかしい。

風間の家の前にいる見張りの者が、岩山を見るなり、家の中に目を向けて、ばつが悪そうな顔をしたのだ。

岩山は、歩を速めた。

「いかがした。何かあったのか」

「そ、それがその。来客が」

「来客？　誰じゃ」

配下の者は口止めをされているのか、ごくりと喉を鳴らして、うな垂れた。

「まあよい。江戸家老の命で、お嬢様を連れ戻す。手向かいがあろうゆえ、気を抜かず入り口を守っておれ」

命じたが、配下の者は怯えた顔を上げた。

「今は、おやめください」

「人がおろうと構わぬ。言われたとおりにいたせ」

岩山は叱りつけると、入り口に向かい、ごめん、と声をかけようとした。

いきなり戸が引き開けられ、大男がかがむようにして睨んできたので、驚いた岩山は、呆然として見上げた。

「岩山殿か」

訊かれて、

「はい」

口を開けたまま答えると、大男が中に入れと、場を譲った。

身なりからして、どこかの大名家の家来だと思った岩山は、怖《お》ず怖ずと中に入った。

空色の狩衣を着た信平が座敷に座っているのを見て、大男に振り向き、そして風間に、何者かと問う目を向けた。

すると風間が、紹介した。

「こちらは、左近衛少将、鷹司松平信平様です」

長い官位と名前をすぐに理解できなかった岩山は、呆《ほう》けたような顔をしていたのだが、

「将軍家縁者のお方でございます」

風間が言うと、

「ぎゃっ」

岩山は奇妙な声をあげて、土間から外に出ると、地べたに座って頭を下げた。

「そのような所では話ができぬ。佐吉、中に入ってもらえ」

信平が言うと、佐吉が中に入るよう促し、見物に集まった長屋の連中に笑みを見せると、戸を閉めた。

森の城下で生きてきた岩山は、公家の者を見ることもなければ、将軍家縁者の者など、雲の上の存在だ。

その信平が、どぶ臭い長屋に来て、風間と同じ高さの座敷に座っているのを見て、岩山は、芝居ではないかと疑いたくなった。だが、金の装飾が施された雅な太刀は偽物には思えず、信平の仕草《しぐさ》顔つきからして、本物だ。

緊張で喉がからからとなり、声を出そうにも出ぬ。

岩山は、己の名前さえ声にすることができず、ただただ、小さくなった。

何度も空唾を飲む姿を見て、静江が気をきかせて水を酌んでやった。

震える手で飲み干すのを待ち、信平が口を開く。

「岩山殿」

「はは」

「麿は、風間殿に用があってまいったのじゃが、外に見張りが付いておるのに驚き、たった今、二人から話を聞いたところじゃ」

「は、はは」

「して、国許の御尊父殿には、文を届けられたのか」

「…………」

岩山は、部外者には言えぬという態度で、押し黙っている。

「岩山、わたくしの文は送ったのですか」

静江に訊かれて、岩山はかぶりを振った。

「松平様の御前です。隠さず話しなさい」

静江が言うと、岩山は、仕方なくしゃべった。

「実は、江戸家老の千葉様に命じられて、急ぎ戻りました。我らに従ってください」

「江戸家老は、藩侯の側室に静江を出さぬと約束されたのか」

風間が確かめると、岩山はそうだと答えた。

「嘘ではあるまいな」

さらに問われて、岩山は、顔を伏せ気味にした。

「お嬢様、もはや逃げられませぬぞ。長上家のためにも、ここは大人しく、我らに従ってください」

「いやです」

「屋敷に入ったら最後、無理やり側室にするつもりです。千葉様の傲慢《ごうまん》なやりかたは、父上から聞いて知っています。上屋敷に入ったら、千葉様には気をつけろと教えられましたから」

「お嬢様」

「拒まれるようなら――」

言いかけた岩山が、信平をちらりと見て言葉を飲み込んだ。

「拒めば、風間殿を斬れと命じられたか」

信平が言うと、岩山は押し黙った。

「国家老の長上智昌殿が、風間殿を斬れと命じられたのは、まことか」

「手向かいをされるようなら、それもやむなしということでございます」

「今日のところは、麿に免じて引き上げてくれぬか」

「しかし……」

「そなたも役目であることは分かる。麿がしたためたこの文を、江戸家老に渡してくれ」

信平が風間の家でしたためた書状を差し出すと、岩山は押しいただくようにして受け取り、ふたたび麻布の屋敷に帰った。

「松平様、せっかくお越しいただいたのに、ご迷惑をおかけしました」

風間と静江が頭を下げた。

信平は首を横に振る。

「あとは、藩侯の返事を待つだけじゃが、許されたら、いかがする」

「すべて、松平様におまかせいたします」

「うむ。では、念のために、磨の屋敷へまいれ」

「しかし、これ以上ご迷惑をおかけしては申しわけのうございます」

「構わぬ。まさか、藩の者が磨の屋敷を襲いはすまい」

信平はそう言うと、狐丸を持って立ち上がった。

外には、見張りの者がまだ残っていた。

信平が佐吉に続いて出ると、慌てて頭を下げるので、信平はその者のそばに行って告げた。

「風間殿と静江殿を、磨の屋敷へ客として招く。書状の返答は、赤坂の屋敷に届けてもらいたいと、藩邸に伝えよ」

「か、かしこまりました」

見張りの者は頭を下げ、路地を走って藩邸に帰った。

信平たちが赤坂に帰った頃、麻布の森藩上屋敷では、騒動となっていた。

岩山が信平の書状を持ち帰ったからであるが、その書状に書かれている内容に、江戸家老の千葉が声を失い、卒倒《そっとう》したからだ。

家来たちに支えられて、千葉は藩主の前に座った。

真っ青な顔をした千葉に、山城守はいぶかしそうな顔をしている。

「殿、危ないところでした」

「いかがしたのじゃ」

くつろいでいた山城守が、険しい顔をして身を乗り出した。

「これは、鷹司松平信平様からの書状でございます。お目をお通しください」

千葉はそう言って、信平の書状を渡した。

山城守は、信平から書状が届いたというのに驚き、すぐに目を走らせた。そして、慌てる様子もなく、ため息を吐いた。

「これでは、静江にも、駆け落ちした風間とやらにも、手が出せぬな」

そこには、風間久幸が老中阿部豊後守の配下を助けたことと、奥平家から仕官の誘いがあったこと、そして最後に、信平も、静江の夫である風間を、家来にしたいと思うていることを記していたのだ。

「静江の夫である風間を、と書くところなど、あのお方らしい」

「いかが、なさいますか」

「将軍家縁者が家来にしたいと願う者を斬るわけにもいくまい。残念じゃが、静江のことはあきらめよう。側室の話は取り消す。長上に早馬を差し向けてそう伝えよ」

「はは」

「待て。風間という男は、信平殿が目をかけられるほど優れた男なのか」

「風間をよく知る岩山と申す者がおるのですが、その者に訊いたところ、鷹司松平様のお目に、狂いはないと申しました」

「さようか。長上も愚かよのう。そのような者を居候させておきながら、追い出してしまうとは」

自分が静江を求めたからそうなったことなど、はなからなかったように言う藩主の顔を、千葉が呆《あき》れた顔で見ている。

「なんじゃ」

「いえ」

千葉はひとつ咳をして、藩主の言葉を国家老に伝えるために、立ち去った。

六

静江の父智昌は、江戸藩邸からの知らせに驚愕した。

藩主が静江をあきらめたこともそうであるが、風間を追い出したことを愚かだと言ったことが、隠さず記されていたからだ。

藩主が側室に望まなければ、智昌は風間を家来にして、静江を嫁がせてやろうと思っていたのだ。藩への手前、風間と静江を呼び戻すわけにもいかず、まして、鷹司松平家が家来にほしがっているとなると、手は出せぬ。

智昌は、がっかりして肩を落とし、

「浅昌」

力の抜けた声で息子に声をかけた。

下座で控えていた浅昌が返事をすると、智昌は、筆を執《と》った。

「今から書く文を持って、江戸へまいれ。お前から、風間に渡してやれ」

「父上、妹と風間を、お許しになるのですか」

「主命じゃ。いたしかたあるまい」

そう言いつつも、紙に走らせる筆の動きは軽快だった。いささか、口元がゆるんでいるようにも見える。

浅昌は、そんな父の様子に笑みがこぼれそうになるのを堪えて、文を書き終えるのを待った。

そして、森藩の城下を発った浅昌が、信平邸の門を潜ったのは、風間と静江が屋敷に身を寄せて十日後のことだった。

「はるばる、ようまいられた」

信平が労うと、浅昌は妹が手を煩わせたことを詫びた。

「おかげさまで、妹たちは、幸せになれましょう。まことにありがとうございまする」

信平は穏やかに応じた。

「聞いておるぞ。二人を守るために、手を尽くしたそうではないか。友と妹を想うそなたのこころが、救うたのじゃ」

浅昌は首を横に振った。

「久々に、ゆるりと話されるがよい」

信平がそう言うと、風間と静江が入ってきた。

浅昌は、久々に会う妹と風間に膝を転じて、力強く顎を引いて見せた。

「兄上」

「よかったな、静江」

「はい」

嬉しそうな妹の顔を見て、浅昌は、屋敷に入って初めて笑みを浮かべた。そして風間を見ると、膝を進めた。

「父上からの、文にござる」

風間は、渡された文をその場で開け、目を走らせた。読み終えると、目を閉じて安堵の息を吐いた。

「父上は、なんと書かれていますか」

訊く静江に、風間は微笑んで告げる。

「わたしたちのことを、お許しくださった」

目に涙を浮かべる静江の手をにぎった風間は、感無量の様子で、信平に頭を下げた。

浅昌も、改めて信平に礼を言い、

「松平様。父智昌に代わって、妹夫婦のことをお願い申し上げまする」

深々と頭を下げるのには、信平は、困った。

「そのことにござるが、浅昌殿」言ったのは、風間である。「実は、松平様の家来には、ならぬのだ」

「何！」浅昌の顔色が変わった。「松平様、どういうことでございますか。まさか、二人のために、我が殿を謀《たばか》られたのですか」

「いや、麿が風間殿を家来にしたい気持ちに偽りはない」

「さよう。当人にその気がござらぬのだ」善衛門が口を挟んだ。「なりとうてもなれぬ者がおると申すに、断ったのだぞ」

小言のように言われて、風間は恐縮した。

「風間、せっかくのお話を断るとはどういうことだ。説明しろ」

「すまぬ。だが分かってくれ。浪人の家に生まれたわたしが、松平様のような格式高い家で務めが果たせると思うか」

「そのようなこと、お前が決めることではない。松平様が決められることじゃ」

「さよう。よう申された！」

善衛門が大声をあげたので、庭の池の水鳥が驚き、飛び立った。

「善衛門」

信平がたしなめると、善衛門は納得のいかぬ顔をして、膝に置いた両手をにぎり締めた。

「風間殿は、麿の家来にはならぬが、これから先、鷹司松平家には欠かせぬ存在となろう」

「それは、どういうことでしょうか」

浅昌の問いに、信平は答えた。

「風間殿は刀を置き、商人になると申された。いずれは、鷹司松平家に出入りをしてもらうつもりじゃ」

「御用達《ごようたし》、ということですか」

「うむ」

「御厚情、まことにもってありがたいことではございますが、長屋暮らしの浪人者が、にわか仕込みではじめられることではございませぬ。それに風間、商いをはじめる元手はあるのか」

「それが、あるのだ」

風間が言うと、浅昌がはっとした。

「まさか、松平様が用立ててくださるのですか」

「麿にそのような持ち合わせはない」

さらりと言う信平に、善衛門が咳ばらいをした。

「今はない、という意味じゃぞ」

いずれは五千石、いや、万石の大名になるのだと、どさくさに紛れて尻をたたく善衛門を無視して、信平は言った。

「風間殿の腰の物が、高値で売れたのじゃ」

浅昌は、風間を見た。

「おぬし、先祖伝来の刀を手放したのか」

「商人には、必要ないからな」

「確かに物は良かったが、いくらの値が付いたのだ」

浅昌に訊かれて、風間が指を二本立てて見せた。

「二十両か」

「いや」

「まさか、二百両！」

「二千両だ」

浅昌は絶句した。

「あのぼろ鞘に納まっていた刀が、二千両だと！」

「どうやら、源平《げんぺい》合戦の時代に打たれた宝刀で、北条家に伝わっていた物らしいのだ」

「では、おぬしの父上が、先祖は北条に仕えていたと自慢されていたのは、作り話ではなかったのだな」

風間は笑った。

「よう分からぬが、父に助けられた。刀は明日交換するので、受け取った金を元手に、商売をはじめるつもりだ」

浅昌は静江に顔を向けた。

「お前も、それでいいのだな」

「はい」

「分かった。父上と母上には、わたしから話しておくが、お前も文を書きなさい。母上がお喜びになる」

妹の横にいる風間に、浅昌は言った。

「立派な商人になったら、御国へ顔を見せに来い」

「はい」

「きっとだぞ」

風間と静江は、必ず帰ると、兄に約束した。

この数日後に、二人は正式に夫婦となることができた。

風間は、赤坂の地で静江の故郷の地名を取った、森屋という名の八百屋をはじめるのであるが、それは序の口で、少しずつ地方から買い集めるようになった特産品や工芸品のことが話題となり、諸国物産の看板を上げると、名の知れた大店になるのだ。

そして、約束どおり、たっぷりと土産を持って静江の両親に会いに行くのだが、それはまだ、先のことである。

第四話　追い出された大名

一

万治《まんじ》二年の元旦。

大川では、橋の建設が進んでいる。

大橋《おおはし》と名付けられるこの橋は、大火で逃げ場を失った人々が大勢命を失ったことを重くみた幕府が架橋を決断したもので、早ければ今年中にも、武蔵国《むさしのくに》と下総国《しもうさのくに》が結ばれる。

これに合わせて、深川《ふかがわ》や本所《ほんじょ》の開発も進み、大川の対岸には、次々と家屋敷が建設されていた。

江戸の町は、大火から立ち直りを見せ、笑顔が戻った人々は、新年を迎えられた感謝を述べるために神社仏閣へ初詣《はつもうで》に出かけている。
そんな江戸市中の喧騒《けんそう》を離れ、松平信平は、江戸城西《にし》ノ丸《まる》に登城していた。
元旦に、将軍へ年賀のあいさつに登城できるのは、紀伊《きい》、尾張、水戸《みと》の御三家、譜代大名、将軍家から正室を娶《めと》っている前田《まえだ》家のような、親戚筋にあたる外様《とざま》大名、交《こう》代寄合《たいよりあい》、表高家《おもてこうけ》等々、徳川将軍家に近く、官位も高い身分の者のみである。将軍家縁者であり、従四位下《じゅしいのげ》左近衛少将《さこんえのしょうしょう》である信平も、元旦の登城が許される身分なのだ。

年賀の行事に着る衣装は細かく定められており、官位によって違う。大名級に多い従五位は大紋《だいもん》長袴。侍従《じじゅう》は直垂《ひたたれ》長袴。そして、従四位は狩衣長袴。したがって信平は、狩衣長袴をつけていた。

足のかかとから尾を引いたような長袴は、歩きにくくわずらわしいが、鷹司牡丹《ぼたん》の刺繍《ししゅう》が施された白い狩衣は、いつもの姿である。信平にとってはなんら変わりないが、礼装を纏った者の中には、着慣れていないのか、緊張した面持ちで、固くなっている者もいた。

休息などで控える部屋も、家格によって決められている。再建中の本丸御殿であれば、前将軍家光《いえみつ》の義理の弟である信平は、将軍家親族と同じ扱いとなるため、御三家が詰める大廊下上之間《かみのま》のすぐ隣の、大廊下下之間《しものま》になる。

よって、将軍が仮住まいしている西ノ丸でも、御三家のすぐ隣の部屋に、信平は入っていた。

　近親者が集まる年賀の行事は、人数も多いことから形式的なもので、普段のように、家綱《いえつな》が信平に気軽に話しかけることはない。百畳はある大広間に諸侯が詰めているため、信平が座る場所では、家綱の声さえはっきり聞き取れないのだ。

　一人一人前に出てあいさつしても、将軍は決まった言葉しか返さず、信平に対しても、今日ばかりは同じであった。

　こうして、信平は無事に儀式を終え、廊下の右手の庭先にある二重櫓《やぐら》を望みながら、控えの間に戻っていた。

「松平信平殿」

　ふいに呼び止められたのは、控えの間の近くまで戻った時だった。

　後ろを歩んでいた者ではなかったので、信平は端に寄って場を譲り、顔をめぐらせて声の主《ぬし》を捜した。

　すると、信平と同じ狩衣長袴の礼装をした初老の男と、大紋長袴をつけた、歳の頃は三十前後の男が歩み寄ってきた。

「松平信平殿でござるな」

大紋長袴の男に訊かれて、信平はうかがう面持ちをする。

「それがし、戸賀貞恒《とがさだつね》にござる」

名を聞いたことがあった信平は、軽く頭を下げた。

貞恒は、桑村《くわむら》藩二十万石の藩主で、官位は美濃守《みののかみ》。藩主になったばかりだが、徳川譜代大名の家柄だ。

初老の男、高家旗本の吉良義冬《きらよしふゆ》のことは見知っていたので、あいさつ程度に頭を下げた。

吉良は、信平に親しげな笑みを見せて応じた。

「信平殿のことは、吉良殿から聞いておりました。あいさつができて、光栄でござる」

そう言われたが、貞恒の目は笑っておらず、信平は不快に感じた。

ゆえに、立ち話をする気にもならず、早々に話を切り上げて立ち去った。

その信平の背中を見送る貞恒は、険しい顔になり、睨むようにして言う。

「ふん、何が左近衛少将だ。あの者が御三家と隣合わせの部屋を与えられておるのは、どうも解《げ》せぬ。紀州藩の居候ではないか」

これには、一緒にいた吉良が苦笑いをした。

「まあまあ、それをおっしゃいますな。大猷院《たいゆういん》（家光）様の義弟であらせられますのですから」

「たかが千四百石の小者ではないか。あのような者に姫を嫁《とつ》がせた紀州殿も、嫁がされた姫も、哀れよのう」

「それはまあ、そうでしょうが」

吉良は、仕方なく話を合わせたようだ。

貞恒は、水戸徳川家に縁のある家から妻を娶り、譜代大名の中でも、一目《いちもく》置かれる存在になりつつあった。それゆえ、貞恒は、己より小身の信平が厚遇されているのが気に入らないのだ。

吉良は仕方なく話を聞いている様子だったが、この会話を聞かれているとは、思いもしなかったであろう。

二人が立ち話をする影が障子に映る部屋の中では、昨年家督《かとく》を継ぎ、大炊寮《おおいりよう》の官位を賜ったばかりの譜代大名土井《どい》利重《としげ》が、廊下の会話に顔を青ざめさせているのだが、彼の面前には、徳川頼宣が、目を閉じて座っていたのである。

黙って聞いていた頼宣が目を開けると、土井が慌てて目をそらした。

頼宣は何も言わず、やおら立ち上がると、障子を勢いよく開けはなった。鬼瓦のような顔をして廊下に出ると、貞恒と吉良が気付き、仰天した。

「誰が哀れじゃと申しておる」

落ち着きはらった、それでいて威圧感のある声で言う頼宣の前で、貞恒は縮み上がった。

「これはどうも、あの、今のはその……」

わけの分からぬ言葉を並べる貞恒の声に被せて、頼宣が言った。

「いらぬ心配は無用じゃ。娘は幸せに暮らしておるゆえな。婿殿とて、万石の大名の器。人のことをとやかく言うどこぞの大名よりは、よほどできた人間じゃ」

「ご、ごもっともなことでございます」

吉良は、自分は聞いていただけだという体《てい》でそう言うと、頭を下げ、すすっと離れて行った。

貞恒も頭を下げ、逃げるように付いて行く。

頼宣は拳を作ると、

「ええい」

足をたたいて悔しがり、土井を残したまま信平の部屋に向かった。

いきなり入ってきた頼宣から、かくかくしかじかと貞恒が言ったことを教えられた信平は、

「さようでございますか」

と、気のない返事をした。

「あのような者に馬鹿にされて、そちは何を涼しい顔をしておるのじゃ。悔しいとは思わぬのか」

「思うたところで、どうにもならぬかと」

「そのようなことではいかん。よいか、松を馬鹿にされておるのと同じことぞ」

「それは、いけませぬ」

「そうであろう。そう思うなら、信平殿、大名になれ。そなたならきっとなれる。よいか、必ず大名になれるのだ、そなたは」

大名になど興味がない信平は、困ったことになったと、心の中でため息を吐いていた。

反論すれば長くなりそうだったので、

「励みます」

そう言っておくことにした。

すると、幾分か気持ちが落ち着いたのか、

「今の言葉、忘れるでないぞ」

頼宣はそう言って、退出した。

嵐のような時が過ぎてほっとした信平であるが、横の襖が開き、覗く者がいた。

顔を向けると、水戸藩主、徳川中納言頼房《とくがわちゅうなごんよりふさ》だった。

驚いた信平が平伏すると、

「面を上げられよ、信平殿」

気さくに言われた。

信平が顔を上げると、頼房が、含んだ笑みを浮かべた。

「兄上は覇気《はき》が強いからのう。おぬしも苦労するであろうが、辛抱することじゃ」

気遣う気持ちが十分に伝わってきたので、信平は恐縮して頭を下げた。

すると、頼房が部屋に入り、信平の前に座って言う。

「わしも、おぬしの今の禄高《ろくだか》は少なすぎると思うておる。上様とてこのままにはしておかれまい。そのうちお役目の話が来るであろうが、励むことじゃ。それが、大名への近道ぞ」

「はは」

今のままで十分だと思う信平は、聞き流した。

「さて、戸賀のことであるが……」

頼房が話を切り出して黙ったので、信平が聞く顔をした。

頼房は下を向いて躊躇しているようだったが、考えをまとめたように、信平を見てきた。

「無礼なことを申した戸賀貞恒じゃが、根は悪い者ではないのだ。いや、わしの縁者を嫁がせたから申しておるのではないぞ。おそらく今頃は、後悔しておろう。これから先、城で顔を合わせることもあろうが、仲ようしてやってくれ」

元より遺恨など持ち合わせていない信平である。

「かしこまりました」

快諾すると、頼房は嬉しそうな顔をして、自室に戻っていった。

後日に起きる騒動のことなど知る由もない信平は、元旦の行事を終えると、佐吉と合流し、西ノ丸から下がった。西ノ丸大手門《おおてもん》前で借り馬に跨がり、槍持《やりもち》や挟箱持《はさみばこもち》など、日雇いの供揃え十二人を従えて、赤坂の屋敷へ帰った。

二

江戸城から下がった戸賀貞恒を乗せた大名駕籠は、駿河台の上屋敷に入ると、式台に横付けされた。

供をしていた家老たちは、駕籠から降りる貞恒に頭を下げている。

「御苦労であった」

貞恒が労いの声をかけたが、家老たちは深々と頭を下げたのみで、言葉を発する者はいない。

このあとの予定がない貞恒は、屋敷に残っていた祐筆《ゆうひつ》のみを連れて、自室に入った。

戸賀家の上屋敷は、他の大名屋敷と同じように、表御殿と奥御殿に分かれているが、近頃の貞恒は、奥御殿に入ったことがない。

表御殿の自室にいることが多く、妻子とも、長らく口をきいていなかった。

貞恒が望んでそうしているのではない。正室の兼《かね》が、夫を遠ざけ、ないがしろにしているのだ。

水戸徳川家の縁者である兼は、譜代とはいえ、徳川の家来である貞恒を軽んじていた。

兼は嫡男助千代《すけちよ》を溺愛し、江戸家老の久木田《くきた》をはじめとする藩の重役たちも、血筋のよい助千代が藩主になれば、家格が上がると言って兼の言いなり。

貞恒は、家康が岡崎《おかざき》城主だった時代から仕え、戦国を生き抜いた戸賀家の正統な継承者でありながら、婿か養子のような扱いをされていた。いや、それ以下といえよう。

主立《おもだ》った家臣の中で、まともに相手をしてくれる者は、祐筆の柿本正介《かきもとまさすけ》ただ一人。他の者は、貞恒が話しかけても聞こえぬふりをしたり、廊下で顔を見れば背を返して接触を避けるなどして、相手にしないのだ。

柿本の手伝いで着替えをすませた貞恒は、柿本が運んできた夕餉を一人ですませ、湯殿に向かった。

誰の手も借りずに入浴をすませ、一人で浴衣を着ると、軽い晩酌をして床に入る。

正室の兼は、貞恒をないがしろにしておきながら、己以外の女と床を共にすることを許さず、側室を置くことはもちろん、身の周りの世話をする女中を置くことも許さなかった。

これに対し貞恒は反論することができず、二十万石の大名とは思えぬ、孤独で不自由な暮らしを強いられていたのだ。

床に入った貞恒は、なかなか寝付けなかった。

行灯《あんどん》の薄暗い明かりの中で目を開け、天井を見つめている。そして、何度もため息を吐いた。

後悔の、ため息である。

兼のことではない。今日の、江戸城でのことだ。

「何ゆえわしは、あのようなことを」

貞恒の脳裏に浮かぶのは、吉良に言った信平の陰口のことだ。頼宣に聞かれていたため、信平の耳に入っているに違いないと思った貞恒は、己の愚かさを呪い、きつく目を閉じた。

貞恒は、去年の秋に登城した際、吉良から信平の噂を耳にしていた。

今日、西ノ丸で陰口をたたいたのは、正室の松姫と仲睦まじく暮らし、家来にも慕われている信平が輝いて見え、嫉妬してしまったからなのだ。その嫉妬から、たまたま一緒になっていた吉良に向かって、ついつい、あのようなことを言ってしまったのである。

「悪いことを言うてしもうた」

独りごちた貞恒は、信平が不快な思いをしたであろうと思い、また、ため息をつく。

横になっているのが辛くなり、布団を蹴り上げて座った貞恒は、じっとうな垂れたまま、朝方を迎えた。

登城がない正月二日目は、家臣たちからの年賀のあいさつを受けるのが戸賀家のしきたり。

冬の明六《あけむ》つは遅いので、暗いうちから身なりを整えねば、すぐに日が暮れてしまう。

祐筆の柿本は、歳は二十五と若いができた者で、夜が明ける頃に貞恒が身なりを整え終える頃合を計り、寝所に声をかけた。

床で悶々《もんもん》としていた貞恒であるが、待ちかねたように起き上がると、身支度にかかった。

昨夜よりは、こころが弾んでいる。というのも、今日は、嫡男助千代に会えるからだ。

空に日が射《さ》しはじめた頃に支度を終えた貞恒は、落ち着きなく半刻ほど待った。

った。

「殿、方々がお待ちでございます」

柿本が呼びに来るなり、居間を飛び出した貞恒は、皆が顔を揃えている大広間に入った。

家臣たちが、思い入れの感じられぬ顔で一斉に頭を下げるのも、今日ばかりは、不快に思わなかった。貞恒の意識は、兼の横でちょこんと座っている、嫡男助千代に向けられていたからだ。

あるじに頭も下げず、無表情で座る兼の横で、助千代は嬉しそうな顔をして父を見ていた。その表情は、どんよりと曇ったような大広間に光を当てているように思え、貞恒の凍り付いたこころを溶かすようであった。

「助千代、こちらにまいれ」

貞恒が声をかけて両手を差し出すと、助千代は立ち上がり、御座に座している父のところへ小走りで来た。

膝に抱いた我が子は、前回よりずいぶん重く、身体も、一回り大きくなっている。

「昨日で、いくつになったのだ」

貞恒は当然知っているが、あえて訊いた。息子の声が聞きたかったのだ。

だが、助千代は、右手を広げて、左手の指を重ねて七つだと示して見せた。

「今朝は、何を食べたのだ」

貞恒が訊くと、助千代は、母に目を向ける。

すると兼は、きりりとした目を向け、助千代を制した。

うつむいた助千代は、言葉がしゃべれないわけではない。兼が、父と口をきかぬよう命じているのだ。

「雑煮《ぞうに》を、召し上がってございます」

気をきかせて言う者がいた。おそらく奥御殿の誰かだが、

「わしは助千代に問うたのだ」

貞恒は下座を見ずに言った。それが、精一杯である。

不愉快そうな顔をした兼が、

「そろそろ」

この一言で、対面は終わりである。

「助千代、次に会うのは桜が咲く頃じゃ。皆の言うことをよう聞き、文武に励めよ」

貞恒が言うと、助千代は、父の目を真っ直ぐ見てきた。

何か言おうとしたのだが、

「助千代！」

母が呼ぶと、助千代は口を閉ざして父の膝を離れ、乳母《うば》に手を引かれて奥御殿へ下がった。

「正月ぐらい、よいではないか」

貞恒は言ったが、下座に届くような声ではない。

その後は、家老の久木田が年賀の言葉を述べたが、毎年同じことを繰り返すのみで、真心が籠もったものではない。

最後に、貞恒が家臣たちに新年の祝辞を述べるのだが、皆、力のない目を畳に向けているのみで、聞き流している。

こうして、一刻もせぬうちに年賀の行事が終わると、家臣たちは、揃って貞恒に頭を下げた。

貞恒が大広間から退室すると、襖が閉められるか閉められぬ間に、助千代がふたたび連れて来られた。そして、兼が手を引いて御座に上がると、先ほどまで貞恒が座っていた茵《しとね》を足で払った。

侍女が新しい物を敷くのを待って、兼が助千代と共に座ると、一同整然と頭を下げ、改めて、家老の久木田が賀辞を言上《ごんじょう》した。

「若君が七歳になられましたこと、まことに祝着至極《しゅうちゃくしごく》にございまする」

などと熱の籠もった声で言い、それを合図に、膳を持った女中たちが列をなして現れ、家臣一人一人に屠蘇《とそ》の酒とお節料理が振る舞われる。戸賀家にとって、まことの年賀の儀式がはじまるのだ。

貞恒はというと、居室に籠もり、柿本を相手に酒を飲みはじめている。これが、藩主貞恒の正月なのだ。

酌をする柿本に、貞恒は言った。

「わしのことはもうよい。そちも、大広間へゆけ」

すると、柿本は首を横に振る。

「遠慮をしてわしのところにおっても、よいことはないぞ」

「何があっても殿にお仕えせよと、父に命じられております」

「正勝《まさかつ》め、そのようなことを申していたのか」

「はい」

貞恒は、二年前に他界した正勝を想い、鼻をすすった。

祐筆だった正勝も、ただ一人貞恒に味方し、家老が何を言おうが、兼の言いなりにはならなかった。辛いことも多かったはずだが、隠居して息子に祐筆を継がせ、死の間際には、貞恒に仕えろと命じていたのだ。

「親子揃うて、あっぱれな忠義者よのう」

貞恒は声を震わせて、柿本に屠蘇をすすめた。

「それにくらべ、わしはつまらぬ男じゃ」

「何をおっしゃいます」

「いや、そうなのだ。昨日は、城で松平信平殿にお会いしたのだが、わしはあのお方に、失礼極まりないことをしてしもうた」

陰口を後悔するあまり、貞恒は、誰かの意見が聞きたくて仕方なかったのだ。

西ノ丸御殿でのことを話すと、柿本は思考を深める面持ちで口を開いた。

「お気になさらぬほうがよろしいかと」

「何ゆえじゃ」

「次に顔を合わせるのはいつのことかも分かりませぬ。だいいち、紀州様が松平様に伝えておられないのではないでしょうか」

「うむ」

返事をしたものの、貞恒のこころは少しも晴れなかった。

そして、その不安と後悔は日が経つにつれて増していき、じっとしていられなくなった貞恒は、十一日に江戸城で行われる具足鏡開き《ぐそくかがみびら》きに登城した時、信平にあやまることにした。

具足鏡開きとは、西ノ丸御殿書院の上段の間に正月のあいだ飾られていた、具足を収納する儀式で、納められるのは、神君《しんくん》家康公が小牧長久手《こまきながくて》の戦いで大勝利を収めた時に着用していた勝川《かつかわ》の具足のことだ。

登城した幕臣たちは、具足の前に飾られていた餅を分け与えてもらうのであるが、これは、大変名誉なことだった。

譜代の大名である貞恒は当然登城していたが、この儀式に、信平は参加していなかったのである。

今年は本丸御殿ではなく西ノ丸御殿のためか、群雄割拠した戦国の世から家康に仕えてきた家臣団がほとんどで、新興の家柄の者は、招かれていないようだった。

公家の出の信平がいなかったのも、そういうことなのだろうかと、貞恒は肩を落とした。

下城するために廊下を歩んでいた時、前方から徳川頼宣が歩んでくるのに気付き、貞恒は場を譲って控えた。

頼宣は、何ごともなかったように前を通り過ぎようとしたが、

「紀州様」

貞恒が呼び止めた。

「なんじゃ、おぬしか」

頼宣は声をかけられて気付いたようで、貞恒と分かり不快な顔をした。

「元旦には、大変失礼をいたしました」

「ふん」

「それでその、あのことは、信平様の耳には……」

「当然入れた」

言われて、貞恒は気を落とした。

「では、お詫びにうかがいまする」

「信平殿は、人が何を言おうが気にせぬ男じゃ。すでに忘れておろうよ」

「そうおっしゃっていただくと、助かります」

「あれは、こころの広い男じゃ。一度、ゆるりと話してみるがよい」

頼宣は、貞恒が謝辞を述べたことで気分を良くした様子でそう言うと、立ち去った。

だが、貞恒には、江戸城でしか、信平に会う機会はなかった。出かけようにも家臣たちは貞恒に従わないので、思うまま屋敷を出られないのだ。

それでも、自分の陰口が信平の耳に入っていると知った貞恒は、駿河台の屋敷に戻ると、家老の久木田を居室に呼び、相談した。

「明日、赤坂にまいりたいのじゃが、よいか」

久木田は、予定外のことを言われて、あからさまに不快な顔をした。

「どちらに、御用ですか」

「うむ」

他家に詫びに行くなどと言えば騒動になることは分かっているだけに、返答に困った。

「殿、どちらにまいられます」

「ちと、野暮用じゃ」

「明日は、供が付けられませぬ。日延《ひの》べをなされませ」

久木田のこの言葉は、外出を許さぬという意味である。半年前も、気晴らしに舟遊びでもしたいと思うて言ったが、同じことを言われて、年が明けた。

「さようか」

「では、御無礼つかまつる」

久木田は、つまらぬことで呼ぶなと言わんばかりにため息をつくと、忙しそうに去った。

昨日までの貞恒であれば、このまま時を過ごしたであろう。だが、一度会ってみろと言った時の頼宣の優しい目が、貞恒の瞼《まぶた》に焼き付いていた。

妻に慕われ、家来に囲まれ、民にも好かれている信平がどのような人物なのか、貞恒は知りたくてたまらない。

そして、やはり会ってあやまりたいという気持ちが消えていない貞恒は、翌日、柿本を呼んだ。

「よいか、わしはこれから病になる。誰も、部屋に近づけてはならぬぞ」

柿本は困惑した。

「いかが、なさるおつもりですか」

「明日の朝から一日、お忍びで出てくる。そちは残り、誰にも知られぬよう、この部屋を守れ。よいな」

「せめて、どちらに行かれるかだけでも、お教えください」

言えば反対されると思った貞恒は、行き先を言わなかった。

「暮れ六つまでには戻る。よいな」

「かしこまりました」

柿本の手を借りた貞恒は、翌朝の薄暗いうちに屋敷を抜け出すと、赤坂に向かった。

三

「松」

「はい」

「寒くはないか」

「上野山《うえのやま》や不忍池《しのばずのいけ》の景色がとても綺麗なので、寒さも忘れてしまいます」

朝方降った雪は道に積もりはしなかったが、湯島天神《ゆしまてんじん》から見下ろす家々の屋根や、上野山を白く染めていた。

姉の本理院《ほんりいん》に招かれた信平は、松姫と共に出かけて屋敷に一泊していた。久々に外出したのだからと、今朝は、湯島天神まで足を延ばしていたのだ。

小高い場所にある湯島天神からの眺めは爽快で、晴れた空の下で、屋根の雪の白さが一層映えて見える。

時折吹く風は冷たく、信平は、松姫を気遣った。

「風邪をひくといけない。甘酒でも飲んで、身体を温めよう」

「はい」

信平は松姫と共に、参道の甘酒屋に入った。

思えば、二人で町を歩むのは、共に暮らすようになって初めてのことだった。

「たまには、こうして二人で出かけるのもよいな」

「そうですね」

「松と初めて会った時のことを、思い出す」

「浅草でございました」

「うむ。まさか、そなたが町中を歩いていようとは、思いもしなかった」

「わたくしは、お会いできるような気がしていたのですよ」

「さようか。松は、勘働きがよいゆえな」

信平は、小女《こおんな》が運んだ甘酒を口にした。生姜《しょうが》が利いた甘酒は、冷えた身体を温めてくれる。

松姫も甘酒を含み、

「美味《おい》しい」

信平を見て、楽しそうに笑みを浮かべた。

僅《わず》かではあるが、二人きりの大切な時を過ごした信平と松姫は、湯島天神を出ると、佐吉や糸たちと合流して赤坂に帰った。

一刻ほどで赤坂の屋敷に着いた時には、昼を過ぎた未《ひつじ》の刻（午後二時）頃になっていたろうか、松姫を乗せた駕籠が式台に横付けすると、糸が手を差し伸べて、駕籠から降りる手助けをした。

駕籠に付き添っていた信平が式台に上がると、留守番をしていた善衛門が迎えに出て、片膝をついて来客を告げた。

「殿、戸賀貞恒と名乗る者が来ております。殿のお知り合いだと申しますので書院の間に通しておりますが、どうも、様子が変でござる」

「変とはどのように変なのです」糸が警戒した。「前のように、殿の御命を狙う者ではございませぬか」

「いや、それはなかろう」善衛門が糸を制すように言い、信平に言った。「その者は、単に無紋の羽織をつけ、脇差のみを帯びた身なりをしておりまして、身分を問うても言わぬのですが、見たところ、身分がある者ではないかと。何者か、ご存じでござるか」

「うむ。伊予《いよ》桑村藩の藩主殿じゃ」

善衛門が目を丸くした。

「桑村藩と申せば、二十万石の譜代大名ではござらぬか」

「うむ」

「そのあるじが、あのような身なりで来るとは。お忍びとなりますと、厄介なことかもしれませぬぞ」

信平は、元旦に頼宣から聞いたことを誰にも話していなかった。それゆえ、善衛門は怒りもせず、何用かと首をかしげている。

信平は松姫に狐丸を渡し、一人で書院の間に向かった。

「お待たせしました」

声をかけて入ると、貞恒が膝を転じて、頭を下げた。

「松平殿、突然の無礼をお許しください。今日は、元旦のことで、どうしてもお詫びをいたしたく、参上つかまつりました。あの日は、それがし、どうかしておりました。まったくもって、情けない限り。このとおり、お許し願いまする」

深々と頭を下げる姿は、なかなかに潔《いさぎよ》く、好感が持てた。

信平は、面を上げてもらうと、

「わざわざのお越し、痛み入りまする」

二十万石の大名があやまりに来たことに恐縮して、頭を下げた。

すると貞恒が、明るい表情になり、身を乗り出した。

「許してくださるのか」

「許すも許さぬも、元より麿は、気にしておりませぬ」

「はは、ははは」

貞恒は嬉しそうに笑い、安堵の息を吐いた。と同時に、腹の虫が鳴いた。

信平は、なぜだか分からなかったが、貞恒の態度仕草が、気になりはじめていた。

元旦に見せた顔つきと、今の顔はまったくの別人である。

「何か、困ったことがおありか」

率直な疑問をぶつけると、的を射たのか、貞恒ははっとした顔をした。

「い、いえ、何も」

「さようでござるか」

「では、それがしはこれで」

帰ろうとする貞恒に、信平は声をかけた。

「外は寒い。酒を飲んで行かれませぬか」

誘われたことが意外だったのか、貞恒は驚いたが、まんざらでもないような様子で応じた。

「では、一杯だけ」

「佐吉」

信平が呼ぶと、程なく現れた佐吉に、酒肴の支度を命じた。

すぐに用意された膳を佐吉が運び、それぞれの膝下に置いた。

朱塗りの銚子を持った佐吉が、貞恒に酌をすると、信平にも注いだ。

互いに盃を掲げて、信平は、ゆるりと盃を干した。

何を語るでもなく、佐吉の酌を受けながら酒を飲んでいると、貞恒がふいに、ため息を吐いた。

「いやぁ、よい酒にござる」

「出入りの八百屋のあるじが、上方から取り寄せた物を届けてくれたのです」

「富士見《ふじみ》酒、にござるな」貞恒が言い、盃を眺めた。「酒も旨《うま》いが、それがしが申したのは、雰囲気のことでござるよ」

「雰囲気？」

「さよう。この屋敷は、なんだかこう、温かい」

そう言って佐吉を見ると、笑みを浮かべた。

「ご家来は、一見すると人を寄せ付けぬ恐ろしさがござるが、身体の芯から発する気は、なんとも柔らかい。しかしおぬし、こちらのほうは、相当できるであろう」

刀を振るう真似をして言われ、佐吉は、

「それなりに」

と答え、酒を注いだ。

「失礼いたします」

松姫が自ら次の膳を持って現れ、貞恒の前に置いた。

「妻の、松でございます」

美しい松姫に驚いた貞恒が、

「ではあの、大納言様の――」

頼宣の容姿からは想像もできなかったのか、言葉を失っている。

松姫は笑みを浮かべ、軽く会釈をして応じると、廊下に控えているお初から膳を受け取り、信平の前に置いた。

「干し鮑《あわび》か、旨そうじゃ」

「森屋の風間殿が、届けてくださったそうです」

松姫に教えられて、信平は不思議に思った。

「八百屋が、何ゆえ鮑なのじゃ」

「奥州《おうしゅう》から取り寄せたそうです」

「商いは、順調のようじゃな」

「はい。そのようです」

二人の睦まじい姿に、貞恒は目を細めていたかと思えば、ふいに、寂しげな顔をした。

それを見逃さなかった佐吉は、ずずっと膝行《しっこう》して、銚子をかたむけた。

貞恒は、楽しい酒は久々なのか、佐吉にすすめられるまま飲んでいるうちに上機嫌になり、

「おぬしも、飲め」

佐吉に盃を取らせた。

普通の盃は佐吉にとっては小さく、ちゅっと干すと、喜んだ貞恒が、ふたたび注いでやる。

やがて善衛門も加わり、お初や佐吉の妻も入って、にぎやかな酒宴となった。

「これが、主従を交えて食事をするということか。いや、噂どおり、信平殿の屋敷は楽しい。羨ましい限りじゃ。葉山殿と申されたな。旗本の隠居がお仲間とは、いや、

実におもしろい。おぬしにも、酌をさせてくれ」

貞恒が、気分が良さそうに言うと、善衛門が盃を差し出した。

「殿が、戸賀様とお知り合いだったとは、知りませなんだ。どこで仲ようなられたのですか」

「うむ」戸賀が酔った顔を突き出した。「西ノ丸御殿でな、わしが……」

そこまで言って、言葉を濁した。

「まあ、よいではないか。わしは、信平殿が好きになった。信平殿、今日は、泊めてもらいますぞ」

そう言うと、その場で横になり、鼾《いびき》をかきはじめた。

「なんとも、酒癖が悪い殿様じゃ」

善衛門が呆れて言い、信平の前に膝行した。

「して、殿、なんの御用で来られたのです」

「見てのとおり、遊びに来られただけじゃ」

信平は、詫びに来たことは言わなかった。陰口のことを教えたとて、気まずくなるだけ。そう思っているからだ。

心配した善衛門が、酔い潰れて眠る戸賀を見ながら口を開く。

「それにしても、二十万石の殿様が供も付けずに来られるとは……。御家中は知っているのでしょうか」

「迎えに来てもらうのも無礼であろう。このまま、泊まっていただくとしよう」

貞恒が置かれている境遇を知る由もない信平が言うと、応じた善衛門が、下女のおたせに命じて部屋を用意させた。

四

「お初殿、お初殿」

五味が、台所の前でお初の袖を引いたのは、翌朝のことだ。例によって朝餉を食べに来たのだが、居間に見知らぬ男が座っているのを見て、台所から出てきたお初を捕まえたのだ。

「誰?」

貞恒を指差す五味の手を、お初がたたいた。

「伊予桑村藩主、戸賀美濃守様です」

「ふぅん」

「膳は台所に用意していますから、今朝はそちらで」

お初に言われて、五味は台所の板の間に置かれた膳の前に座った。

「おおぉ、今朝は塩鮭《しおざけ》でござるか」

そう言ったが、いつものごとく、味噌汁のお椀に手を伸ばした。

油揚げとねぎが入った味噌汁は、今朝も絶品。

一口飲んだところで、褒めようとした。

口を開いた刹那、

「旨い！」

言おうとしたせりふが居間からしたので、五味は言葉を飲み込んだ。

言ったのは、貞恒だった。

「熱々の味噌汁は、やはり旨い」

「貞恒様は、日頃は熱い汁を飲まれませぬのか」

善衛門が訊くと、貞恒は熱い汁をもう一口飲んで答えた。

「屋敷が広いゆえ、わしのもとへ運ばれた時にはぬるうなっておるのじゃ」

言った貞恒が、はっとした。

「いや、こちらの家が手狭じゃと申しておるのではござらぬぞ、信平殿」

信平は、口元に笑みを浮かべて聞き流す。

貞恒が座敷の中を見回して続ける。

「しかし、人が暮らすのは、この程度の大きさが丁度良いのかもしれませぬな」

「小さいと申しておるではないか」

聞こえないように言った善衛門の横で、お初が舌打ちをした。図々《ずうずう》しさに、怒っているのだ。

朝餉を終えた貞恒は、信平に膝を転じて居住まいを正した。

「いきなり押しかけたにもかかわらず手厚くもてなしていただき、嬉しゅうござった。これを機に、末永いお付き合いを願いとうござる」

「承知つかまつりました」

「では、これにてご無礼いたす」

戸賀は信平に深く頭を下げ、善衛門や佐吉に軽く頭を下げると、屋敷を辞した。

表門から駿河台へ歩みを進めた貞恒は、見送る善衛門と佐吉に振り向く余裕がなくなっていた。

「まずい。まずいぞ」

夕暮れ時には帰ると言っておきながら、ついつい深酒をしてしまい、気付けば朝になっていた。

「柿本の奴、うまく誤魔化していてくれるとよいが」

ぶつぶつと不安を口に出しながら、貞恒は急いだ。

貞恒を見送った善衛門は、信平がいる居間に戻ると、首をかしげた。

「いかがした」

信平が訊くと、

「何ゆえ、お忍びでまいられたのでしょうかな」

二十万石の大名が独り歩きするのが妙だと、腕組みをして考える顔をした。

信平は外を見ながら告げる。

「大名ともなると、外出するにしても大勢の供が付く。たまには、息抜きをしたかったのではないか」

「普段は、どのような暮らしぶりなのでしょうな。酒の飲み方は、何かこう、鬱憤《うっぷん》を晴らすような様子でございましたからな」

「楽しまれたのだから、それでよいではないか」

信平が言うと、貞恒の話題は終わった。

その貞恒がふたたびやって来たのは、昼前のことだった。

居間の庭に入ってきた八平が、

「あのう、今朝お帰りになった戸賀様が来られているのですが」

と言うので、信平と善衛門は、顔を見合わせた。

信平が顎を引くと、善衛門が応じ、

「お通しいたせ」

と命じて、玄関に向かった。

信平が居間で待っていると、

「やや、いかがなされた」

善衛門が驚く声が聞こえてきた。

何かあったのかと案じていると、善衛門が戻り、その後ろから、袖で顔を隠しながら貞恒が入った。

「貞恒殿、とにかく殿に頼むしかございませぬぞ。こちらへお座りくだされ」

善衛門が促すと、貞恒が信平の正面に座った。

「貞恒殿、何かござったのか」

信平が訊くと、貞恒が、袖で隠していた顔を見せた。

信平はじっと見つめた。右目の周りに青痣《あおあざ》を作り、顔中傷だらけ。着物も汚れていた。

「誰かに、襲われたのですか」

信平の脳裏に暗殺の二文字が浮かび、声音が鋭くなった。

だが、貞恒は申しわけなさそうな顔をして、

「お恥ずかしい」

照れ隠しで頭をなでた。

話を聞けば、呆れる内容だった。

信平の屋敷から帰った貞恒は、祐筆の柿本が裏門で帰りを待っているものと思い、そこへ向かったのだが、門番もおらず、中に声をかけても、柿本も出てこなかった。仮病がばれるが、仕方ないと思った貞恒は、表門から入ろうとしたのだが、門番が通さなかった。

貞恒は、あるじを通さぬとは何ごとかと怒鳴ったが、門番は聞く耳を持たぬ。藩主が抜け出ていることなど思いもしない門番にとっては、当然である。

家老を呼べと言っても相手にされず、貞恒は怒り、無理やり入ろうとした。

「それで、寄り棒で打たれたのか」

話を聞いた信平が訊くと、貞恒が苦笑いをして、居住まいを正して必死の面持ちで告げる。

「そこで、お願いがござる。信平殿、それがしを、屋敷に連れて帰っていただけぬか。信平殿であれば、疑いもなく中に入れてもらえる」

「うむ。それは、お安いことじゃが、貞恒殿は昨日、屋敷を無断で抜け出していたのか」

「祐筆にだけは申しておったのじゃが、羽目を外しすぎた。日暮れ時には帰る予定だったのじゃ」

「それは、引き止めて悪いことをいたした」

「いや、いやいや。そこはお気になさらず。抜け出したそれがしが悪いのですから」

「では、送りましょう」

信平は狐丸を持ち、佐吉と善衛門と共に貞恒の屋敷へ向かった。

青痣が浮く顔で町を歩くのが恥ずかしい様子の貞恒は、袖で顔を隠し、背中を丸めて歩んでいる。

見かねた信平は、途中で町駕籠を呼び止めた。

「貞恒殿、町駕籠でよければ、乗らぬか」

「うむ。助かる」

貞恒は、転げるように乗り込んだ。

町駕籠を伴い、駿河台の藩邸に行くと、善衛門が門番に声をかけた。

「左近衛少将、鷹司松平信平様じゃ」

名を聞いて門番が驚き、信平に頭を下げた。

「こちらのあるじ殿をお連れ申した。開門いたせ」

善衛門が告げると、門番は困惑したような顔をして、駕籠に目を向けた。

善衛門が急《せ》かす。

「どうした。あるじじゃぞ、早ういたせ」

「少々、お待ちを」

一人が門を開け、もう一人は、家の者を呼びに走った。

駕籠から降りた貞恒が、

「だから申したであろう、たわけ者め」

門番を叱ったが、門番は、平伏して詫びるでもなく、ばつが悪そうに目をそらした。

信平は、その態度が気になった。

知らずに打ち据えたのなら、あるじだと分かって、あっと声をあげて慌てふためいてもおかしくないはず。それが、まるで知っていたとでもいう態度をしたのだ。

貞恒は、厳しく咎めるでもなく、

「信平殿、どうぞ上がって休んでくだされ。帰りは、駕籠で送らせますので」

誘われたが、

「いや、ここで失礼する」

帰ろうとした信平の前に、貞恒が立ち塞がった。

「どうか、茶の一杯だけでも」

懇願されて、信平は応じた。

「では、少しだけ」

「葉山殿も、江島殿も、ささ、入られよ」

貞恒に促されて中に入り、表玄関に歩んでいると、門番の知らせを受けた家臣たちが大勢出てきた。

藩主が一晩留守にして、騒ぎになっていたのだろう。

殿、どちらへまいられていた――

などと言い、貞恒が迎えられると思った信平だが、様子が違った。

出てきた家臣たちが、鋭い目を向けて行く手を塞ぎ、一歩も通さぬという面構えを見せたのだ。

「なんじゃ、おぬしらは」善衛門が、わけが分からぬ様子で見回した。「どういうことじゃ」

前を塞ぐ家臣のあいだから、重役らしき男が現れると、貞恒が前に出た。

「何をしておる。そこをどかぬか」

重役は貞恒を無視して、信平の前に来ると、頭を下げた。

「せっかくお越しいただいたのに申しわけございませぬが、当家は今立て込んでおりまして、あるじがごあいさつできませぬ。どうか、お引き取りを」

「無礼者」

善衛門が怒ったが、信平が制した。

「こちらが、藩主貞恒侯ではないのか」

信平が問うと、男は貞恒を一瞥《いちべつ》して答える。

「いえ」

「あい分かり申した。では、貞恒侯に、よろしくお伝え願いたい」

信平は、呆然とする貞恒を促し、門へ向かおうとした。

貞恒が重役に詰め寄り、

「おい貴様、どういうことじゃ」

胸ぐらをつかんだが、家臣たちに引き離され、突き返された。

尻餅をついた貞恒が、

「ぶ、無礼者」

脇差に手をかけると、家臣たちが一斉に抜刀した。

うっ、と息を吞んだ貞恒の前に、信平と佐吉が割って入った。

「麿に、刃を向けるか」

そう言うと、重役の男が前に出た。

「先に刀に手をかけたのは、そちら様にございますぞ」

まるで、貞恒が信平の供であるように言った。

「家老を呼べ」

貞恒が言うと、男は貞恒を見た。

「御家老は、殿と藩政に忙しく、出られませぬ」

「と、殿じゃと」

「さよう」

「殿は、わしではないか」

貞恒は言ったが、何かに気付いたように目を見開き、

「兼か、兼がそうさせておるのだな。黙って屋敷を出たことは悪かった。兼に、そう伝えてくれ」

言ったが、重役は聞く耳をもたぬ様子で、黙っている。

信平は、このままでは中へは入れてもらえぬと察し、重役に言った。

「では、中におられる藩主貞恒侯に伝えてもらいたい。鷹司松平信平が話したきことがござるゆえ、明日出なおしてまいる。となな」

重役は躊躇う顔を一瞬見せたが、

「承りました」

そう言って、頭を下げた。

信平は背を返し、寂しそうな顔をする貞恒に言った。

「さて、そちらの貞恒殿、今日のところは、帰りましょうぞ」

信平は貞恒を諭すように言い、赤坂に帰った。

その様子を、屋敷の格子窓から覗き見る顔が二つあった。家老の久木田と、貞恒の正室兼である。

「奥方様、さすがにこれは、まずいのでは。相手は、あの鷹司松平殿ですぞ」

「まさか、夫があのようなお方を連れて来るとは思わなんだのじゃ」

「いかがいたします。明日また来ると申されましたぞ」

「わたくしに考えがあります」

兼は、久木田の耳にささやき、策を授けた。

そして、手に持っていた貞恒の印籠を見せると、微笑んだ。

五

「これでは、追い出されたようなものじゃ」

赤坂の屋敷へ戻るなり、善衛門が言い、貞恒の顔をまじまじと見た。

「貞恒殿、まさかおぬし、双子の兄弟がおられるのか」

「おらぬ」貞恒がかぶりを振った。「何ゆえそのように思うのじゃ」

「昨年の夏に、双子のことで振り回されたことがございましてな。てっきり、兄か弟君が入れ替わったのかと思いましたのじゃ」

善衛門が言うと、貞恒は寂しげな顔で塞ぎ込んだ。

「考えてみれば、入れ替わったも同然なのかもしれぬな」
「それは、どういうことじゃ」
信平が訊くと、貞恒は、自分が置かれた立場を、正直に話した。
「それがしの妻は、水戸様の縁戚でござってな。譜代大名の血を引くそれがしより
も、妻の血のほうが上だというので、家臣どもは、妻の言いなり。倅《せがれ》千代があとを
継げば戸賀家も安泰というので、それがしなど、もはや必要ないのです。藩主など名
ばかりで、屋敷では、部屋住みのような暮らしをしておるのです」
水戸徳川家の縁者を正室に娶っていると聞き、信平は、元旦に西ノ丸で頼房が言っ
たことを思い出していた。
貞恒は悪い人間ではないと言った頼房は、貞恒が置かれた立場を知るがゆえに、気
遣っていたのではないだろうか。
御三家から妻を娶るという意味では、信平も、貞恒と同じだ。しかし、置かれた立
場はまったく違う。
我が子にもまともに会わせてもらえず、隠居したも同然、いや、それ以下の扱いを
受けている貞恒が、哀れに思えてならなかった。同時に、なんとかしてやりたいと思
う信平であるが、よその家のことには、口出しはできぬ。まして、夫婦のあいだのこ

ととなると、どうにもできぬ。

ただひとつできるのは、貞恒を、子がいる屋敷に帰らせてやることくらいだ。

「父親というものは、顔を合わさずとも、同じ屋根の下にいるだけで、子にとっては違うものと思う」

信平は、亡き父の面影を思い出していた。

庶子《しょし》であるため、同じ屋敷には住むことを許されず、会うのは年に一度あるかないか。それでも、父が泊まりに来た日はこころが弾み、眠れぬほどであった。

「お子も、今頃は寂しい思いをされておろう」

「それを、申されますな」

辛そうにする貞恒に、信平は言った。

「明日は、しっかり話をされることじゃ」

すると、善衛門が身を乗り出した。

「さよう。このことが御公儀の知るところとなれば、奥方がいかに水戸家の縁者であろうと、御家騒動《おいえそうどう》と見なされますぞ。そうなれば、良くて改易《かいえき》。悪くて御家断絶」

脅されて、貞恒が唾を飲んだ。

「兼は、何も分かっておらぬのです。それがしが、そうならぬために我慢してきたことも分からず、家来どもは図に乗るばかり。はっきり申しますと、もうどうでもよくなっているのですよ」

「自棄《やけ》にならぬことじゃ、貞恒殿。すべては明日、よいな」

信平に言われて、貞恒は眉尻を下げて応じた。

で、この夜は、励ますために善衛門が宴を開いたのだが、貞恒は、明日への不安と緊張からか、また深酒をして、羽目を外した。

「おい、善衛門、わしの話を聞け。よいか、妻というものはだな。妻なんぞは……」

急に泣きだしたかと思えば、

「わはははは。今日は愉快じゃ。いや、信平殿、あなたはすばらしいお人じゃ」

急に笑いだし、ふと真顔になる。口の中で何やら言っていたが、座ったまま眠りはじめた。

相手をした善衛門は疲れ果て、信平は、眠ってくれたのでほっと息を吐いた。

佐吉が敷布団を持って来ると、貞恒を起こさぬように横にさせ、部屋まで引きずって行った。

「やれやれ、屋敷でもああなのでござろうか」

善衛門が、呆れたように言う。

そうではあるまいと、信平は言った。

「今日の話を聞く限り、普段は、息を詰めて暮らしているのではなかろうか。それゆえ、乱れ酒になるのであろう」

「なんとも、哀れな殿様ですな」

佐吉が戻り、信平に言った。

「気持ちよう眠っておられます」

「うむ。明日は、厄介なことになるやもしれぬ。我らも、休むとしよう」

信平はそう促し、松姫がいる奥へ入った。


朝を迎え、身支度を整えた信平たちは、貞恒を送って行こうとしたのだが、外から戻ったお初が、気になることを言った。

「昨日のうちに桑村藩から評定所に届け出があり、藩主美濃守貞恒様、重い病とのことにございます」

「何！」

善衛門が驚き、貞恒は目を丸くして、己の身体を見下ろした。

「それがしは、どこも悪うないが」

呑気に言う貞恒の横で、信平は険しい顔をした。

「いよいよ、本気で追い出す気じゃ。このままでは、近いうちに死亡の届けが出されるぞ」

「そうなれば、それがしはどうなる」

貞恒が不安そうに訊くと、

「ただの男にござるよ」

善衛門が言った。

「とにかく、急ごう」

信平は狐丸を持ち、駿河台へ向かった。

門番の二人は、信平たちが行くと顔を見合わせ、歩み出た。

「殿が病に倒れられましたので、今日は、お引き取りください」

言われた信平は、門番に返した。

「では、江戸家老の久木田殿とお会いしたい。拒めば、このお方を評定所にお連れすると伝えよ」

躊躇う門番の背後で、大門が開けられた。昨日の重役が顔を出し、中に案内すると言って背を返した。その背中には、隙がない。

「貞恒殿、油断されるな」

信平は、そう声をかけると、門を潜った。

表玄関に案内した重役が言う。

「そちらの供の方は、ここまでにござる」

善衛門と佐吉に言い、信平には、刀を供の者に渡すよう願った。

「貴様、いいかげんにせぬか」

貞恒が言うと、重役は一瞥し、

「従っていただけぬとあらば、お通しできかねます」

信平に告げた。

信平は狐丸を外し、佐吉に渡した。

「では、ご案内いたします」

重役に続いて屋敷に上がると、信平の後ろで、貞恒が詫びた。

「信平殿、いや、松平様、申しわけござらぬ」

信平は、口元に笑みを浮かべて見せると、案内された広間に入った。

下座ではなく、上座を示されて、信平は茵に座った。貞恒は、信平の右前で横向きに座り、二人は黙ったまま、家老が現れるのを待った。

程なく、廊下に男の空咳が響き、下座に控えていた者が、頭を下げた。

黒字に金の模様が鮮やかな打掛《うちかけ》姿の女が現れ、その後ろに、初老の男が付き添ってきた。

「妻と、家老の久木田です」

貞恒が小声で教えたが、妻が来るとは思っていなかったのか、顔から余裕が消えている。

その貞恒に底冷たい目を向けた兼は、信平に笑みを浮かべて、廊下で座った。

「これはこれは、噂に名高き鷹司松平様。ようこそ、おいでくださいました。お初にお目にかかれましたこと、祝着至極にございます」

兼が頭を下げると、久木田も同時に下げた。

「面を上げられよ」

信平が言うと、

「はは」

久木田が応じ、二人は頭を上げた。

「近《ち》こう、寄られよ」

信平に応じて兼が前に進み、久木田は兼の斜め後ろに座した。

「今日は、どういったご用件でございましょうか」

いけしゃあしゃあと、兼が訊く。

「こちらのあるじは、戸賀美濃守貞恒殿で、間違いはござらぬか」

「はい。さようでございます」

「では、こちらのお方が、貞恒殿に間違いないのだな」

信平が貞恒を見ると、貞恒は膝を転じて、

「はは」

頭を下げた。

「いいえ、違いまする」声音を強めて、兼が否定した。「殿は重い病にかかり、床に臥《ふ》せておりまする」

「それは妙じゃ。麿は元旦に登城した折に、このお方と江戸城で言葉を交わしておる」

「そうおっしゃいましても、殿は確かに床に臥せております。この者が何を申したか知りませぬが、騙されておられるのではございませぬか」

「おい兼、信平殿に向かって何を申すのだ。控えぬか」

「呼び捨てにするとは、無礼な」

兼に睨まれて、貞恒が萎縮《いしゅく》した。

「とにかく、この者は見知らぬ者。病人がおりますので、お引き取りください」

「では、この足で評定所にまいり、御老中をはじめ御公儀の方々に会わせるが、それでもよいのじゃな」

信平がそう言うと予想していたように、兼は、薄笑いを浮かべた。

「そこまで申されるなら、この者が、戸賀貞恒であるという証をお見せください」

「貞恒殿、証を持っておるか」

信平が訊くと、貞恒ははっとして、腰に手を回して探った。

「しまった。印籠がない」

家紋入りの印籠が何よりの証だが、貞恒は抜け出すことで頭が一杯で、持って行くのを忘れたことも忘れていた。

慌てて脇差を腰から外したが、ああ、と、ため息を吐いた。

よりによって、鞘にもはばきにも家紋が入っていない、無銘の脇差だった。

兼は、そのことを知って訊いたに違いなかったが、信平には、どうすることもできない。これでは、評定所に訴え出たとしても、桑村藩にとっては、おそらく良いことはなかろう。

「そうじゃ。柿本を呼べ。あの者は、わしが抜け出したことも知っておる」

貞恒が言うと、兼が即答した。

「そのような名の者は、当家にはおりませぬ」

「何！　おい、柿本をどうしたのだ。まさか、殺したのではあるまいな」

「殺す？　おらぬ者を、どうやって殺すのです」

「くっ」

貞恒は、返答に窮した。柿本を捜しに立とうとしたが、廊下に控える家臣たちが身構えたので、貞恒は座りなおした。

手がないとみるや、兼が責めに転じた。

「松平様、将軍家縁者を名乗れば、何ごとも許されると思うのは浅はかではございませぬか。見知らぬ者を連れて来て、藩主であろうと押し付けられては、たまったものではございませぬ。このことは、水戸様にご報告申し上げて、しかるべき対応をしていただきますぞ」

「ごもっともなことでござる」

信平が詫びると、兼は勝ち誇った顔をして、さらに責めた。

「どのように始末をつけるおつもりか、この場でご返答を」

「うむ」

落ち着きはらっている信平に苛立ち、兼が尻を浮かせて身を乗り出した。

「松平様、ご返答を」

「証ならある！」

拳を震わせて耐えていた貞恒が、大声をあげた。

兼が、貞恒をじろりと睨んだ。

その目を真っ直ぐに見返した貞恒が、大声で言い放った。

「お前の右の尻に、でっかいほくろがある！　それが証じゃ！」

その瞬間、空気が凍ったように張り詰めた。

家老は息を吞み、見開いた目を、尻を浮かせて責めていた兼の尻に向け、慌てて天井に向けた。

兼は、手で口を塞いで絶句していたが、みるみる顔が赤くなっていく。

「な、何を言いやる」

やっと出た声は、上ずっていた。

「わしのほかにほくろのことを知っている者がおるなら、申してみい」

「けがらわしい」

「自分のほくろをけがらわしいとはなんじゃ。わしに舐められて、喜んでおったくせに」

あっ、と息を呑んだ兼が、

「知らぬことじゃ」

切り捨てるように言い、顔を背けた。

人前で辱《はずかし》めて、これまでたまりにたまった鬱憤が晴れたのか、

「わははは」

指差して笑うと、急に真顔になった。

「もうよいわ。そちの願いどおりにしてやる。わしはこの家を出るゆえ、病死届けを出して助千代を世継ぎといたすがよい」

貞恒はそう言うと、家老の久木田を睨んだ。

「久木田！」

「は、はい」

「柿本を殺したのではあるまいな」

「今日は、外に出ております」

「わしは家督を助千代に譲るが、まだ幼い。よって、柿本に補佐をさせよ。徳川家と

共に戦国の世を生き抜いた家を潰すでないぞ。よいな」

　大声で命じると、信平に爽快な笑みを見せ、

「では、帰りましょう」

　大手を振って、廊下に歩み出た。

　そこへ、乳母の静止を振り切り、助千代が駆けてきた。

「おお、助千代」

　貞恒が抱き上げると、

「父上、どこにも行かないでください」

　そう言い、首に抱き付いた。

　久々に聞く声に、貞恒は優しい笑みを浮かべた。

「よいか助千代。そちにはわしの血が流れておる。徳川家を支えて戦国を生き抜いた先祖の血が流れておるのじゃ。それを誇りに思い、立派な殿様になれ。よいな」

　貞恒はそう言うとしっかり抱きしめてやり、廊下に降ろした。

「さらばじゃ。助千代」

　そう言って我が子から離れた貞恒の顔が、信平には、武将の顔に見えた。

六

「それで、四人で戻ってこられたのですか」

信平たちを出迎えた松姫が、事情を聞いて驚いた。

「此度ばかりは、まいった」

信平が言い、狐丸を渡して式台から上がった。

その後ろに善衛門と佐吉が申しわけなさそうに続き、貞恒は、今にも倒れそうな顔をして、幽鬼《ゆうき》のようにうな垂れて付いて行く。

居間に入り、四人は黙り込んだ。

その様子を心配する松姫に、お初が小声で言う。

「今夜は、酒を出さぬほうがよろしいかと」

「そうですね。では、何か美味しい物を」

「かしこまりました」

お初は台所に下がり、国代とおたせとおつうと共に、夕餉の支度にかかった。

居間では、貞恒がぼそりと言った言葉に、

「なんじゃと！」

善衛門が仰天して大声をあげた。

「ですから、こうなったからには、それがし、信平殿の家来にしていただくしか生きる道がござらぬ」

病死と届けられたら、貞恒という男の存在が消えるのだ。

「殿、いかがいたします。いや、訊くまでもござらぬか」

善衛門が独り言のように言い、貞恒に顔を向けた。

「貴殿は死んでも二十万石の殿様にござる。家来にできるはずはなかろう」

「では、居候を。そうじゃ、名前も変えますぞ。葉山殿、名を付けてくだされ」

言われて善衛門が呆れ、適当に言った。

「わしは知らぬ。大酒呑介《おおざけのみすけ》とでも名乗られよ」

「うはははは。それは良い名じゃ」

貞恒が喜んだので、善衛門は愕然とした。

こうして、貞恒は居候をはじめたのだが、三日経ち、五日経つにつれて、顔つきが明るくなり、佐吉の庭仕事なども手伝い、楽しそうにしていた。

その姿を見て、

「殿、このままでは、ほんとうに居座ってしまいますぞ」

善衛門が心配したが、

「ふむ」

信平は、気にしていないようだった。お初から、桑村藩から藩主の死亡届けが出されたという知らせがないからだ。

そして、貞恒が居候をはじめて二十日が過ぎたある日、信平の屋敷の前に、数十名の家来を連れた大名駕籠が止まった。

門番の八平が、信平たちが集まる居間の庭に現れ、

「殿、大酒呑介殿に、お客様でございます」

などと、すっかりなじんだ名を言った。

「どなたじゃ」

信平が訊くと、八平は、目顔で告げた。

「八平、なんじゃ、今のは」

善衛門が真似をして、目をしばたたかせた。

八平はにやけている。

八平の合図に応じた信平が、

「貞恒殿、まいろうか」

促し、共に表門に向かった。

門前には、憶えのある駕籠が止まっていたらしく、貞恒が立ち止まった。

「信平殿、何をなされたのじゃ」

「何も」

信平は、ほんとうに何もしていなかった。ただ、貞恒が屋敷を出ると言った時、家老の久木田が、動揺した顔つきをしたのを見ていたので、八平にはこの日が来るかもしれぬと言い、その者たちが来たら、名を告げずに知らせろと言ってあった。

そして、待っていただけである。

佐吉が背中を押すと、貞恒はふらふらと歩み出た。すると、行列の者たちが、一斉に頭を下げるではないか。

貞恒は驚き、思わず声をあげそうになって、慌てて口を塞いだ。

祐筆の柿本の顔がある。

柿本は、貞恒に笑みを浮かべて駕籠を開けた。中から助千代が飛び出し、貞恒に抱き付いた。

「父上」

「助千代、お前、どうしたのじゃ」

「お迎えに上がりました」

助千代が言うと、後ろの駕籠から、兼が降りてきた。

神妙な面持ちで信平に頭を下げ、歩み寄る。

「松平様。わたくしが、間違《まちご》うておりました」

「気付かれたか」

兼がうなずき、ほろりと涙を流した。

兼が言うには、貞恒が出ていったのち、助千代は誰の言うことも聞かなくなり、大名になっても、父のように追い出されるのだから、ならないと言いだしたという。

「父を追い出した母など大嫌いだと、叱られました。それに、家臣たちが浮足立ち、藩政に支障が出はじめたのです。わたくしは、水戸家縁者という身分で家臣たちをどうとでも動かせていると思うておりましたが、間違っておりました。あるじあってこその、奥方の地位だったのです」

「では、貞恒殿を、あるじとして認められるか」

信平が言うと、兼は、背を向けて助千代を抱いている貞恒に顔を向けて言った。

「戻っていただかないと、家が潰れてしまいます」

そして、そっと貞恒の背中に手を差し伸べ、これまでのことを詫びた。

すると助千代が、

「父上、泣いておられるのですか」

無邪気に言うものだから、貞恒が慌てて涙を拭った。

「殿、戻っていただけますか」

兼に言われて、貞恒は立ち上がった。

「信平殿、長々と、世話になり申した。この御恩は、いずれ」

「うむ」

「善衛門殿、佐吉殿、また、酒を飲みましょうぞ」

「あ、ああ、そうですな」

善衛門はいささかいやそうに答え、佐吉は笑顔で応じた。

「信平殿」

「うむ」

「松殿に、よろしくお伝えください。では」

貞恒は、助千代と共に馬に乗ると、行列を引き連れて帰っていった。

寒空の下で、遠ざかる貞恒親子を見送っていた善衛門が、目を細めて、ぼそりと言った。

「子はかすがい。先人は、よう言うたものですな」

本書は『黄泉の女　公家武者　松平信平8』（二見時代小説文庫）を大幅に加筆・改題したものです。

|著者|佐々木裕一　1967年広島県生まれ、広島県在住。2010年に時代小説デビュー。「公家武者　信平」シリーズ、「浪人若さま新見左近」シリーズのほか、「若返り同心　如月源十郎」シリーズ、「身代わり若殿」シリーズ、「若旦那隠密」シリーズなど、痛快かつ人情味あふれるエンタテインメント時代小説を次々に発表している時代作家。本作は公家出身の侍・松平信平が主人公の大人気シリーズ、その始まりの物語、第8弾。

黄泉《よみ》の女《おんな》　公家武者信平《くげむしやのぶひら》ことはじめ(八)
佐々木裕一《ささきゆういち》

講談社文庫
定価はカバーに
表示してあります

2022年4月15日第1刷発行

KODANSHA

発行者――鈴木章一
発行所――株式会社　講談社
東京都文京区音羽2-12-21　〒112-8001
電話　出版　(03) 5395-3510
　　　販売　(03) 5395-5817
　　　業務　(03) 5395-3615

デザイン―菊地信義
本文データ制作―講談社デジタル製作
印刷―――株式会社KPSプロダクツ
製本―――株式会社国宝社

Printed in Japan

ISBN978-4-06-527649-5

講談社文庫刊行の辞

二十一世紀の到来を目睫に望みながら、われわれはいま、人類史上かつて例を見ない巨大な転換期をむかえようとしている。

世界も、日本も、激動の予兆に対する期待とおののきを内に蔵して、未知の時代に歩み入ろうとしている。このときにあたり、創業の人野間清治の「ナショナル・エデュケイター」への志を現代に甦らせようと意図して、われわれはここに古今の文芸作品はいうまでもなく、ひろく人文・社会・自然の諸科学から東西の名著を網羅する、新しい綜合文庫の発刊を決意した。

激動の転換期はまた断絶の時代である。われわれは戦後二十五年間の出版文化のありかたへの深い反省をこめて、この断絶の時代にあえて人間的な持続を求めようとする。いたずらに浮薄な商業主義のあだ花を追い求めることなく、長期にわたって良書に生命をあたえようとつとめるところにしか、今後の出版文化の真の繁栄はあり得ないと信じるからである。

同時にわれわれはこの綜合文庫の刊行を通じて、人文・社会・自然の諸科学が、結局人間の学にほかならないことを立証しようと願っている。かつて知識とは、「汝自身を知る」ことにつきていた。現代社会の瑣末な情報の氾濫のなかから、力強い知識の源泉を掘り起し、技術文明のただなかに、生きた人間の姿を復活させること。それこそわれわれの切なる希求である。

われわれは権威に盲従せず、俗流に媚びることなく、渾然一体となって日本の「草の根」をかたちづくる若く新しい世代の人々に、心をこめてこの新しい綜合文庫をおくり届けたい。それは知識の泉であるとともに感受性のふるさとであり、もっとも有機的に組織され、社会に開かれた万人のための大学をめざしている。大方の支援と協力を衷心より切望してやまない。

一九七一年七月

野間省一

講談社文庫 最新刊

輪渡颯介
髪追い
〈古道具屋 皆塵堂〉
酔った茂蔵《しげぞう》が開けてしまった祠《ほこら》の箱には、この世に怨みを残す女の長い髪が入っていた。

佐々木裕一
黄《よ》泉《み》の女
〈公家武者信平《のぶひら》ことはじめ(八)〉
獄門の刑に処された女盗賊の首が消えた!? 実在した公家武者の冒険譚、その第八弾！

岸見一郎
哲学人生問答
人生について切実な41の質問に『嫌われる勇気』の哲学者が明確な答えを出す。導きの書。

大倉崇裕
アロワナを愛した容疑者
〈警視庁いきもの係〉
10年前に海外で盗まれたアロワナが殺人現場で見つかった!? 痛快アニマル・ミステリー最新刊！

与那原恵
わたぶんぶん
〈わたしの「料理沖縄物語」〉
おなかいっぱい（わたぶんぶん）心もいっぱい。食べものが呼びおこす懐かしい思い出。

日本推理作家協会 編
2019ザ・ベストミステリーズ
選び抜かれた面白さ。「学校は死の匂い」をはじめ、9つの短編ミステリーを一気読み！

講談社タイガ

森 博嗣
リアルの私はどこにいる?
〈Where Am I on the Real Side?〉
ヴァーチャルで過ごしている間に、リアルに置いてきたクラーラの肉体《ボディ》が、行方不明に。

小島 環
唐国《からくに》の検屍《けんし》乙女《おとめ》
引きこもりの少女と皆から疎《うと》まれる破天荒な少年がバディに。検屍を通して事件を暴く！

なみあと
占い師オリハシの嘘
超常現象《オカルト》の正体、占いましょう。占い師の姉に代わり、推理力抜群の奏《かなで》が依頼の謎を解く！

講談社文庫 最新刊

堂場瞬一
焦土の刑事
空襲続く東京で殺人事件がもみ消されようとしていた――「昭和の警察」シリーズ第一弾！

天樹征丸 画・さとうふみや
金田一少年の事件簿 小説版
〈オペラ座館・新たなる殺人〉
かつて連続殺人事件が起きたオペラ座館で、またも悲劇が。金田《きんだ》一一《いちはじめ》の名推理が冴える！

天樹征丸 画・さとうふみや
金田一少年の事件簿 小説版
〈雷《いかずち》祭《まつり》殺人事件〉
雷《いかずち》をあがめる祭を迎えた村で、大量の蝉《せみ》の抜け殻に覆われた死体が発見される。一《はじめ》は解決に挑む！

磯田道史
歴史とは靴である
「歴史は嗜好品ではなく実用品である」筋金入りの学者が語る目からウロコな歴史の見方。

西尾維新
掟上今日子の家計簿
容疑者より速く、脱出ゲームをクリアせよ。最速の探偵が活躍！ 大人気シリーズ第7巻。

風野真知雄
潜入 味見方同心(四)
〈謎の伊賀忍者料理〉
昼食に仕掛けられた毒はどこに？ 将軍暗殺阻止へ魚之進《うおのしん》が謎に挑む！〈文庫書下ろし〉

田中芳樹
白魔《びやくま》のクリスマス
〈薬師寺涼子の怪奇事件簿〉
地震と雪崩《なだれ》で孤立した日本初のカジノへ無尽蔵に湧く魔物が襲来。お涼は破壊的応戦へ！

高橋源一郎
5と$\frac{3}{4}$時間目の授業
あたりまえを疑ってみると、知らない世界が見えてくる。目からウロコの超・文章教室！

吉川英梨
海《かい》蝶《ちょう》
〈海を護るミューズ〉
釣り船転覆事故発生。沈んだ船に奇妙な細工が。海保初の女性潜水士が海に潜む闇に迫る。

講談社文芸文庫

大澤真幸
〈自由〉の条件
個人の自由な領域が拡大しているはずの現代社会で、閉塞感が高まるのはなぜか？他者の存在こそ〈自由〉の本来的な構成要因と説くことにより希望は見出される。

978-4-06-513750-5
おZ1

大澤真幸
〈世界史〉の哲学 1 古代篇
解説=山本貴光

資本主義の根源を問う著者の破天荒な試みがついに文庫化開始！本巻では〈世界史〉におけるミステリー中のミステリー＝キリストの殺害が中心的な主題となる。

978-4-06-527683-9
おZ2

佐々木裕一　千石の夢〈公家武者信平ことはじめ(五)〉
佐々木裕一　妖《あや》し火〈公家武者信平ことはじめ(六)〉
佐々木裕一　十万石の誘い〈公家武者信平ことはじめ(七)〉
佐藤　究《きわむ》　Q J K J Q
佐藤　究　A n k : 〈a mirroring ape〉
佐藤　究　サージウスの死神
佐野　晶／三田紀房・原作　小説アルキメデスの大戦
澤村伊智　恐怖小説キリカ
さいとう・たかを／戸川猪佐武 原作　歴史劇画 大宰相〈第一巻 吉田茂の闘争〉
さいとう・たかを／戸川猪佐武 原作　歴史劇画 大宰相〈第二巻 鳩山一郎の悲運〉
さいとう・たかを／戸川猪佐武 原作　歴史劇画 大宰相〈第三巻 岸信介の強腕〉
さいとう・たかを／戸川猪佐武 原作　歴史劇画 大宰相〈第四巻 池田勇人と佐藤栄作の激突〉
さいとう・たかを／戸川猪佐武 原作　歴史劇画 大宰相〈第五巻 田中角栄の革命〉
さいとう・たかを／戸川猪佐武 原作　歴史劇画 大宰相〈第六巻 三木武夫の挑戦〉
さいとう・たかを／戸川猪佐武 原作　歴史劇画 大宰相〈第七巻 福田赳夫の復讐〉
さいとう・たかを／戸川猪佐武 原作　歴史劇画 大宰相〈第八巻 大平正芳の決断〉
さいとう・たかを／戸川猪佐武 原作　歴史劇画 大宰相〈第九巻 鈴木善幸の苦悩〉
さいとう・たかを／戸川猪佐武 原作　歴史劇画 大宰相〈第十巻 中曽根康弘の野望〉
佐藤　優　人生の役に立つ聖書の名言

佐藤　優　戦時下の外交官〈ナチス・ドイツの崩壊を目撃した吉野文六〉
佐藤　優　人生のサバイバル力
斉藤詠一　到達不能極
佐々木実　竹中平蔵　市場と権力〈「改革」に憑かれた経済学者の肖像〉
斎藤千輪　神楽坂つきみ茶屋〈禁断の盃《さかずき》と絶品江戸レシピ〉
斎藤千輪　神楽坂つきみ茶屋2〈突然のピンチと喜寿の祝い膳〉
斎藤千輪　神楽坂つきみ茶屋3〈想い人に捧げる鍋料理〉
作画　蔡志忠／訳　和田武司／監修　野末陳平　マンガ 孔子の思想
作画　蔡志忠／訳　和田武司／監修　野末陳平　マンガ 老荘の思想
作画　蔡志忠／訳　和田武司／監修　野末陳平　マンガ 孫子・韓非子の思想
司馬遼太郎　新装版 播磨灘物語 全四冊
司馬遼太郎　新装版 箱根の坂(上)(中)(下)
司馬遼太郎　新装版 アームストロング砲
司馬遼太郎　新装版 歳月(上)(下)
司馬遼太郎　新装版 おれは権現
司馬遼太郎　新装版 大坂侍
司馬遼太郎　新装版 北斗の人(上)(下)
司馬遼太郎　新装版 軍師二人
司馬遼太郎　新装版 真説宮本武蔵

司馬遼太郎　新装版 最後の伊賀者
司馬遼太郎　新装版 俄(上)(下)
司馬遼太郎　新装版 尻啖え孫市(上)(下)
司馬遼太郎　新装版 王城の護衛者
司馬遼太郎　新装版 妖怪(上)(下)
司馬遼太郎　新装版 風の武士(上)(下)
司馬遼太郎　戦雲の夢〈レジェンド歴史時代小説〉
司馬遼太郎／海音寺潮五郎　新装版 日本歴史を点検する
司馬遼太郎／井上ひさし　新装版 国家・宗教・日本人
司馬遼太郎／陳舜臣／金達寿　新装版 歴史の交差路にて〈日本・中国・朝鮮〉
柴田錬三郎　お江戸日本橋(上)(下)
柴田錬三郎　貧乏同心御用帳
柴田錬三郎　新装版 岡っ引どぶ〈柴錬捕物帖〉
柴田錬三郎　新装版 顔十郎罷り通る(上)(下)
島田荘司　御手洗潔の挨拶
島田荘司　御手洗潔のダンス
島田荘司　水晶のピラミッド
島田荘司　眩（めまい）暈
島田荘司　アトポス

講談社文庫　目録

瀬尾まいこ　幸福な食卓
関原健夫　がん六回　人生全快
瀬川晶司　泣き虫しょったんの奇跡　完全版〈サラリーマンから将棋のプロへ〉
仙川　環《たまき》　幸福の劇薬〈医者探偵・宇賀神晃〉
仙川　環　偽装診療〈医者探偵・宇賀神晃〉
瀬木比呂志　黒い巨塔〈最高裁判所〉
瀬那和章　今日も君は、約束の旅に出る
蘇部健一　六枚のとんかつ
蘇部健一　六とん2
蘇部健一　届かぬ想い
曽根圭介　沈底魚
曽根圭介　藁《わら》にもすがる獣たち
田辺聖子　ひねくれ一茶
田辺聖子　愛の幻滅(上)(下)
田辺聖子　うたかた
田辺聖子　春情蛸の足
田辺聖子　蝶花嬉遊図
田辺聖子　言い寄る
田辺聖子　私的生活

田辺聖子　苺をつぶしながら
田辺聖子　不機嫌な恋人
田辺聖子　女の日時計
谷川俊太郎訳 和田　誠絵　マザー・グース　全四冊
立花　隆　中核VS革マル(上)(下)
立花　隆　日本共産党の研究　全三冊
立花　隆　青春漂流
高杉　良　労働貴族
高杉　良　広報室沈黙す(上)(下)
高杉　良　炎の経営者(上)(下)
高杉　良　小説　日本興業銀行　全五冊
高杉　良　社長の器
高杉　良　その人事に異議あり〈女性広報主任のジレンマ〉
高杉　良　人事権！
高杉　良　小説消費者金融〈クレジット社会の罠〉
高杉　良　小説　新巨大証券(上)(下)
高杉　良　局長罷免 小説通産省
高杉　良　首魁《しゅかい》の宴《うたげ》〈政官財腐敗の構図〉
高杉　良　指名解雇

高杉　良　燃ゆるとき
高杉　良　銀行大合併〈短編小説全集(上)〉
高杉　良　エリートの反乱〈短編小説全集(中)〉
高杉　良　金融腐蝕列島(上)(下)
高杉　良　勇気凜々
高杉　良　混沌《こんとん》　新・金融腐蝕列島(上)(下)
高杉　良　乱気流(上)(下)
高杉　良　小説　会社再建
高杉　良　新装版　懲戒解雇
高杉　良　新装版　大逆転！〈小説　三菱・第一銀行合併事件〉
高杉　良　新装版　バンダルの塔
高杉　良　第四権力〈巨大メディアの罪〉
高杉　良　巨大外資銀行
高杉　良　最強の経営者〈アサヒビールを再生させた男〉
高杉　良　リベンジ〈巨大外資銀行〉
高杉　良　新装版　会社蘇生
竹本健治　新装版　匣《はこ》の中の失楽
竹本健治　囲碁殺人事件
竹本健治　将棋殺人事件

講談社文庫 目録

2022年3月15日現在